O DESFILE DA EXTINÇÃO

Max Brooks

O DESFILE DA EXTINÇÃO
E outras histórias de zumbis

Tradução de Ryta Vinagre

Rocco

Título original
CLOSURE, LIMITED
AND OTHER ZOMBIE TALES

Copyright © 2012 *by* Max Brooks

Todos os direitos reservados. Nenhuma parte
desta obra pode ser reproduzida ou transmitida
por qualquer forma ou meio eletrônico ou mecânico,
inclusive fotocópia, gravação ou sistema de
armazenagem e recuperação de informação,
sem a permissão escrita do editor.

Direitos para a língua portuguesa reservados
com exclusividade para o Brasil à
EDITORA ROCCO LTDA.
Av. Presidente Wilson, 231 – 8º andar
20030-021 – Rio de Janeiro – RJ
Tel.: (21) 3525-2000 – Fax: (21) 3525-2001
rocco@rocco.com.br/www.rocco.com.br

Printed in Brazil/Impresso no Brasil

preparação de originais
LEONARDO VILLA-FORTE

CIP-Brasil. Catalogação na fonte.
Sindicato Nacional dos Editores de Livros, RJ.

B888d	Brooks, Max.
	O desfile da extinção – e outras histórias de zumbis / Max Brooks; tradução de Ryta Vinagre. – Rio de Janeiro: Rocco, 2012.
	Tradução de: Closure, limited – and other zombie tales
	ISBN 978-85-325-2797-4
	1. Ficção norte-americana 2. Zumbis – Ficção. 3. Ficção de terror. I. Vinagre, Ryta. II. Título.
12-5139.	CDD-813
	CDU-821.111(73)-3

Sumário

Introdução / 9

Conclusão Ltda.: Uma História
da Guerra Mundial Z / 17

Steve e Fred / 35

O Desfile da Extinção / 59

A Grande Muralha:
Uma História da Guerra Zumbi / 113

Para Michelle Kholos Brooks,
que torna tudo possível.

Introdução

Os zumbis vieram a mim. É claro que não procurei por eles. Foi em algum momento em 1985. Eu tinha entre 12 e 13 anos. Pouco antes, meus pais adquiriram uma coisa chamada "TV a cabo" e, segundo a rádio boatos do pátio da escola, às vezes essa nova invenção mostrava mulheres de verdade dispostas a tirar a blusa sem motivo nenhum! Sempre que meus pais saíam para jantar, eu ia direto ao quarto deles. Sentava-me diante daquela tela com a paciência de um monge budista. Esperava, torcia, rezava e então, uma noite, aconteceu. Lá estava ela, uma mulher de verdade, completamente nua! Ela andava por uma aldeia tropical enquanto os nativos dançavam ao seu redor. Meu cérebro de adolescente tentava compreender o que meus olhos colhiam e só no que pensei foi: "Minha vida mudou para sempre." Eu não sabia o quanto tinha razão.

Eles saíram da escuridão, andando com dificuldade, gemendo e de repente... A festa tinha acabado.

A partir daí, minhas lembranças são nebulosas. Consistem principalmente em lampejos de pesadelo, gente gritando e sendo apanhada, sua carne dilacerada e comida. Lembro-me de um bichinho (um gato?) saltando do cadáver de uma velha. Lembro-me de um cadáver cinzento com sangue seco pendurado dos lábios. Lembro-me de um líder nacional suplicando por ajuda enquanto outros delegados da ONU debatiam inutilmente as soluções. Lembro-me sobretudo DELES. Maquinais, lentos, completamente inumanos. Lembravam-me de um filme que vira há pouco tempo sobre um tubarão gigante que um personagem chamara de "uma máquina de comer". Lembravamme de um filme sobre um cyborg assassino que "não tem piedade, remorsos nem medo e absolutamente nenhuma vontade de parar, nunca!". Lembravam-me de uma peste muito real que agora grassava pelo mundo de meus pais e matava muitos de seus amigos. Eles eram o pior terror que eu podia imaginar. Eles eram zumbis.

O filme que eu vira naquela noite chamava-se *Night of the Zombies* e tenho quase certeza de que os cineastas mesclaram imagens reais de um documentário sobre canibais a seu *tour de force*. Quer seja verdade ou não, cada quadro foi gravado a fogo em meu cérebro adolescente. Durante anos ainda me assombrava com esses inumanos e, pensava, abominações invencíveis. Os humanos no filme pareciam impotentes diante de seu assalto carnívoro. Estaria acontecendo o mesmo comigo? Este era o destino a que eu tinha me resignado antes dele!

Seu nome é George A. Romero e o filme se chama *A noite dos mortos-vivos*. Eu devia ter 17 ou 18 anos quando assisti, agora em meu quarto, com minha própria TV a cabo e, tenho certeza, não menos obcecado por mulheres sem blusa do que no alvorecer de minha puberdade. Pensei que tinha deixado para trás meus pesadelos zumbis e aqui estavam eles de novo! Os comedores de carne voltaram e não eram menos vorazes do que seus primos italianos. Como antes, fiquei apavorado com a carnificina que se desenrolava na minha frente e, como da última vez, não consegui tirar os olhos da tela.

Mas então me ocorreu, este filme tem algo que falta inteiramente àquela orgia sangrenta europeia, niilista e apelativa. Este filme tem ESPERANÇA! De repente havia regras, limites concretos que delineavam os pontos fortes e fracos dos agressores. Eles não eram tão inteligentes como nós nem tão fortes nem tão rápidos. Mais importante, eles podiam ser detidos! Uma bala no cérebro, bastava isso! E de repente entendi! O terror não eram os zumbis, era nossa incapacidade de lidar com eles! Isso não aconteceria comigo! Eu tomaria as decisões certas. Faria meu dever de casa. Não me renderia à estupidez ou ao medo. Quando viessem a mim, eu faria o que fosse preciso para sobreviver!

Uma vida inteira depois, enquanto o mundo se preparava para o inevitável apocalipse do bug do milênio, vi-me lendo uma pilha crescente de manuais de preparação para desastres, pensando: "E os zumbis?" Alguém deve ter escrito um livro sobre como sobreviver a um ataque dos mortos-vivos. É claro que algum nerd obsessivo-compulsivo com muito tempo de sobra deve ter se perguntado "E se..." vezes suficientes para fazer alguma coisa a respeito disso. Esse nerd obsessivo-compulsivo, por acaso, acabou sendo eu.

Nunca esperei que publicassem *O guia de sobrevivência aos zumbis*. Escrevi o livro para ler. Os mortos-vivos continuam a me fascinar (e apavorar) e, quanto mais velho fico, maior é minha obsessão. Os zumbis são um fenômeno global, a lente perfeita para examinar o colapso da sociedade. Eles são a SARS, são a AIDS. São o furacão que tragou uma cidade inteira, ou a "raça dominante" que destruiu todo um continente. São uma ameaça existencial, um dizimador e têm a capacidade de expor nossas fraquezas suicidas; jamais perderei o medo que tenho deles.

Conclusão Ltda.:
Uma História da Guerra Mundial Z

BERUFJORDUR, ISLÂNDIA

Thomas Kiersted tem a mesma aparência de suas fotos pré-guerra. O corpo parece ter afinado consideravelmente e seu cabelo grisalho pode ter perdido todos os fios pretos, mas não mostra sinais do "olhar fixo dos sobreviventes". Ele acena para mim do convés do African Queen. *O antigo veleiro de trezentos pés ainda é uma embarcação magnífica, apesar de suas velas remendadas e a tinta cinza naval. Esse ex-brinquedo da família real saudita agora navega com bandeira da União Europeia e é a sede móvel da "Conclusão Ltda.".*

Bem-vindo a bordo! *O dr. Kiersted estende a mão enquanto a lancha de suprimentos encosta ao lado do veleiro.* Um bando e tanto, hein? *Ele se refere ao grupo de navios de guerra e transporte de tropas ancorado no fiorde.* Ainda bem que somos apenas uma expedição de reconhecimento. Está ficando cada vez mais difícil obter nosso material. O Sul e o Leste da Ásia estão seguros, a África está totalmente esgotada. Antigamente a Rússia era nosso melhor exportador, extraoficialmente, claro, mas agora... Eles falaram sério, realmente fecharam suas fronteiras. Não há mais "negociações flexíveis" nem mesmo pessoais. Que mundo é esse em que não se consegue subornar um russo?

Ele ri ao descermos ao convés B. Temporada de críquete, Sri Lanka contra Índias Ocidentais. Recebemos a BBC ao vivo direto de Trinidad. Não, nosso material é guardado embaixo, em cabines especialmente modificadas. Não sai barato, mas nada que fazemos é assim.

Descemos ao convés C, passamos por cabines da tripulação e vários armários de equipamento. Oficialmente, nosso financiamento vem do Ministério da Saúde da União Europeia. Eles fornecem o barco, a tripulação, um contato militar para ajudar a coletar material, ou, se não tiverem soldados disponíveis, dinheiro suficiente para pagar por mercenários privados como "os Impisi", sabe, os "Hienas". Eles também não saem barato.

Nada de nosso financiamento público vem da América. Assisti aos debates promovidos por seu Congresso pela C-SPAN. Encolhi-me quando um senador tentou dar apoio abertamente. Ele agora está fazendo, o quê mesmo?, trabalhando como subalterno em seu Departamento Nacional de Registro de Óbitos?

A ironia é que a maior parte de nosso dinheiro vem da América, de pessoas físicas ou instituições filantrópicas. O seu *nome suprimido por motivos judiciais* criou o fundo que proporciona a dezenas de seus conterrâneos uma chance de usar nossos serviços. Precisamos de cada dólar, ou peso cubano, eu diria, a única moeda que agora realmente vale alguma coisa.

É difícil e perigoso coletar material, muito perigoso, mas essa parte do processo é relativamente barata. A preparação – é nela que entra o dinheiro de verdade. Não basta apenas encontrar material com altura, estrutura e sexo certos, além de feições razoavelmente parecidas. Depois que o pegamos – *ele meneia a cabeça* – começa o verdadeiro trabalho.

O cabelo deve ser lavado, possivelmente tingido. Na maior parte do tempo, as feições têm de ser reconstruídas ou esculpidas do nada. Temos alguns dos melhores especialistas da Europa e da América. A maioria trabalha pelo salário padrão, ou até "*pro bono*", mas alguns sabem exatamente quanto vale seu talento e cobram por cada segundo de seu tempo. Filhos da puta talentosos.

Estamos no convés E, agora fechado por uma escotilha blindada, guardada por dois parrudos armados. Kiersted fala com eles em dinamarquês. Eles assentem e olham para mim. Peço desculpas, *diz ele,* eu não faço as regras. *Mostro minha identidade, americana e da ONU, uma cópia assinada de meu termo de isenção de responsabilidade legal e minha permissão com o carimbo do Ministério da Saúde Mental da União Europeia. Os guardas examinam atentamente, usando inclusive luzes ultravioleta pré-guerra, depois assentem para mim e abrem a porta. Kiersted e eu entramos em uma passagem iluminada artificialmente. O ar é parado, sem cheiro e extremamente seco. Ouvi o zumbido de vários desumidificadores pequenos ou de um extremamente grande. As escotilhas dos dois lados do corredor são de aço maciço, abertas apenas por chave eletrônica e com avisos em várias línguas proi-*

bindo a entrada de pessoal não autorizado. Kiersted baixa um pouco a voz. É aqui que acontece. A preparação. Lamento não podermos entrar; é uma questão de segurança para os trabalhadores, deve entender.

Continuamos descendo o corredor. Kiersted gesticula para as portas, sem tocar nelas. A face e o cabelo são apenas uma parte da preparação. "Personalização de guarda-roupa" – este é o desafio. O processo simplesmente não funcionará se o material, digamos, estiver com as roupas erradas ou se faltar algum item pessoal. Isso, pelo menos, podemos agradecer à globalização. A mesma camiseta, digamos, feita na China, pode ser encontrada na Europa, América, em toda parte. Os mesmos eletrônicos, ou joias; temos um joalheiro contratado para artigos especiais, mas você ficaria surpreso ao saber quantas vezes encontramos clones para as chamadas peças "exclusivas". Também temos uma especialista em brinquedos infantis, veja só, não para fabricá-los, mas para modificá-los. As crianças customizam os brinquedos como ninguém. A determinado ursinho de pelúcia falta um olho, ou um boneco tem uma bota preta e uma marrom. Nossa especialista tem um depósito em Lund. Já o visitei, um imenso hangar antigo, sem nada além de pilhas de peças especiais de brinquedos: escovas de cabelo de bonecas e armas de Action Man[1] – centenas de pilhas, milhares. Lembra-me de uma visita a Auschwitz quando eu era estudante – os montes de óculos e sapatinhos de crianças. Não sei como a Ingvilde consegue. Ela é compulsiva.

Lembro-me de uma vez que precisávamos de um "centavo especial". O cliente foi específico. Antigamente ele era uma espécie de "agente" em Hollywood, conseguiu *nome suprimido por motivos judiciais* e um monte de outros astros mortos. Em sua carta, disse que uma vez levou o filho a um lugar chamado "Travel Town", uma espécie de museu do trem em Los Angeles. Disse que foi a única vez que passou uma tarde inteira com o filho. A Travel Town tem uma daquelas máquinas onde você coloca um centavo e puxa a alavanca da prensa, fazendo um medalhão especial. O cliente disse que, no dia em que fugiram, seu filho tinha se recusado a deixá-lo para trás.

---

[1] Foram chamados Action Man, na Inglaterra, os bonecos conhecidos no Brasil como "Comandos em ação" e "Falcon", versões do "G.I. Joe" americano. (N. do T.)

Até fez o pai abrir um buraco no medalhão para usar pendurado no pescoço em um cadarço de sapato. Metade da carta do cliente era dedicada a descrever esse centavo especial. Não só o desenho, mas a cor, o envelhecimento, a espessura, até a mancha nele, onde abriu o buraco. Eu sabia que ele nunca encontraria nada parecido com isso. E Ingvilde também, mas sabe o que ela fez? Fez outro, idêntico. Encontrou online um gravador e deu uma cópia do desenho a um operador. Ela o envelheceu como um mestre da química – a combinação certa de sal, oxigênio e luz solar artificial. Mais importante, ela se certificou de que o centavo fosse feito antes da década de 1980, antes de o governo americano recolher a maior parte do cobre. Veja só, quando você o achata e aparece o metal de dentro... Desculpe, "informação demais", como vocês, americanos, costumam dizer. Só falei nisso para exemplificar a dedicação que temos a nosso serviço por aqui. Ingvilde, aliás, trabalha por um salário de subsistência. Ela é como eu – "a culpa é dos ricos".

Chegamos ao convés F, o nível mais inferior a bordo do African Queen. *Embora tenha iluminação artificial, como os conveses de cima, essas lâmpa-*

das brilham tanto como o sol pré-guerra. Tentamos simular a luz do sol, *explica Kiersted,* e cada compartimento é especialmente equipado com sons e cheiros produzidos sob medida para o cliente. Na maior parte do tempo é tranquilo – o cheiro de pinheiro e o canto de passarinhos –, mas depende de cada um. Uma vez recebemos um homem da China continental, uma situação de teste, para ver se valia a pena seu governo implantar as próprias operações. Ele era de Chongqing e precisava do ruído do trânsito e do cheiro de poluição industrial. Nossa equipe teve de mixar um arquivo de áudio de carros e caminhões especificamente chineses, bem como a mistura nociva de carvão, enxofre e gasolina carregada de chumbo.

E conseguiu. Como foi com o centavo especial. Tinha de conseguir. Caso contrário, por que diabos faríamos isso? Gastamos não só todo o tempo e dinheiro, mas a sanidade mental de nossos trabalhadores. Por que revivemos constantemente algo que o mundo todo tenta esquecer? Porque funciona. Porque ajudamos as pessoas, damos-lhes exatamente o que diz o nome da empresa. Temos um índice de sucesso de setenta e quatro por cento. A maioria de nossos clientes é capaz de refazer o que parece uma vida, superar sua tragédia, obter algo semelhante a uma conclusão. É o único motivo para que você encontre alguém como eu aqui. Esse é o melhor lugar para superar a "culpa dos ricos".

Chegamos ao último compartimento. Kiersted pega a chave, depois se vira para mim. Sabe de uma coisa, antes da guerra, "riqueza" costumava significar posses materiais – dinheiro, essas coisas. Meus pais não tinham nada disso, mesmo em um país socialista como a Dinamarca. Um de meus amigos era rico, sempre pagava tudo, embora eu nunca tenha lhe pedido nada. Ele sempre se sentia culpado por sua riqueza, até confessou-me isto uma vez, a "injustiça" de ele ter tanto. "Injustiça." *Pela primeira vez desde nosso encontro, seu sorriso desaparece.* Eu não perdi um único familiar. É sério. *Todos* nós sobrevivemos. Pude deduzir o que viria, como dizem os americanos, "somei dois e dois". Eu sabia que devia vender minha casa, comprar as ferramentas para sobreviver e levar minha família a Svalbard seis meses antes do pânico. Minha mulher, nosso menino e nossas duas meninas, meu irmão e toda a família dele – todos ainda estão vivos – com três netos e cinco sobrinhas e sobrinhos-netos. Meu amigo que tinha "tanto", eu o recebi no mês passado. Chama-se "culpa dos ricos" porque agora a nova riqueza é a vida. Talvez devessem chamar de "vergonha dos ricos", porque, por algum motivo, as pessoas como nós quase nunca falam nisso. Nem mesmo entre elas. Uma vez encontrei-me com Ingvilde em sua oficina. Tinha uma foto na mesa, de frente para mim quando entrei. Não bati na porta, então a peguei meio de surpresa. Ela baixou rapidamente o porta-retratos na mesa antes de saber que era eu. Instinto. Culpa. Vergonha. Não perguntei de quem era a foto.

Paramos no último compartimento. Há um armário na antepara ao lado da escotilha, trazendo outro termo de isenção. Kiersted olha para ele, depois para mim, pouco à vontade.

Peço desculpas. Sei que você já assinou um, mas, como não é cidadão da União Europeia, o regulamento exige que releia e assine outro formulário. A parte da releitura é um pé no saco e se dependesse de mim deixaria que você assinasse sem ler, mas... *Seus olhos vão à câmera de circuito interno no alto.*

Finjo ler. Kiersted suspira.

Sei que muita gente não aprova o que fazemos aqui. Acham que é imoral, ou pelo menos um desperdício. Eu entendo. Para muitos, a ignorância é uma dádiva. Protege-os e os motiva. Usam isso para tocar a vida, refazerem-se física e psicologicamente, porque querem estar prontos para o dia em que a pessoa desaparecida de repente entra pela porta. Para eles, o limbo é esperança e às vezes a conclusão é a morte da esperança.

Mas e os outros sobreviventes, aqueles paralisados pelo limbo? São esses que vasculham incessantemente ruínas, covas coletivas e listas infindáveis. São os sobreviventes que preferiram a verdade à esperança, mas não conseguem seguir em frente sem uma prova material dessa verdade. É claro que o que fornecemos não é a verdade e eles sabem disso, no fundo sabem. Mas acreditam, porque querem acreditar, como os que olham o vazio e veem esperança.

Termino de preencher a última página do formulário. Kiersted pega o cartão chave.

Aliás, conseguimos montar um perfil psicológico básico dos que procuram nossa ajuda. Tendem a ser de natureza agressiva – ativos, decididos, acostumados a criar o próprio destino. *Seus olhos disparam para os lados.* Isso é uma generalização, naturalmente, mas, para muitos, perder o controle foi a pior parte daquela época e esse processo é tanto de recuperação desse controle como de despedida.

Kiersted passa o cartão, a tranca pisca do vermelho ao verde e a porta se abre. O compartimento em que entro tem cheiro de sálvia e eucalipto e o som de ondas se quebrando ecoa pelos alto-falantes instalados na antepara. Olho o material diante de mim. Ele me encara. Puxa as amarras, tentando me alcançar. Seu queixo se abre. Ele geme.

Não sei quanto tempo fico olhando o "material" à minha frente. Por fim volto-me a Kiersted, aprovo com a cabeça e percebo o sorriso voltar ao seu rosto.

O psiquiatra dinamarquês vai a um pequeno armário trancado na antepara do fundo.

– Vejo que você não trouxe a sua.

Meneio a cabeça.

Kiersted volta do armário e coloca uma pequena pistola automática em minha mão. Verifica se só tem uma bala no pente, depois recua, sai do compartimento e fecha a escotilha às minhas costas.

O DESFILE DA EXTINÇÃO

Eu centro a mira a laser na testa do material. Ele tenta avançar na minha direção, rastejando, rangendo os dentes. Aperto o gatilho.

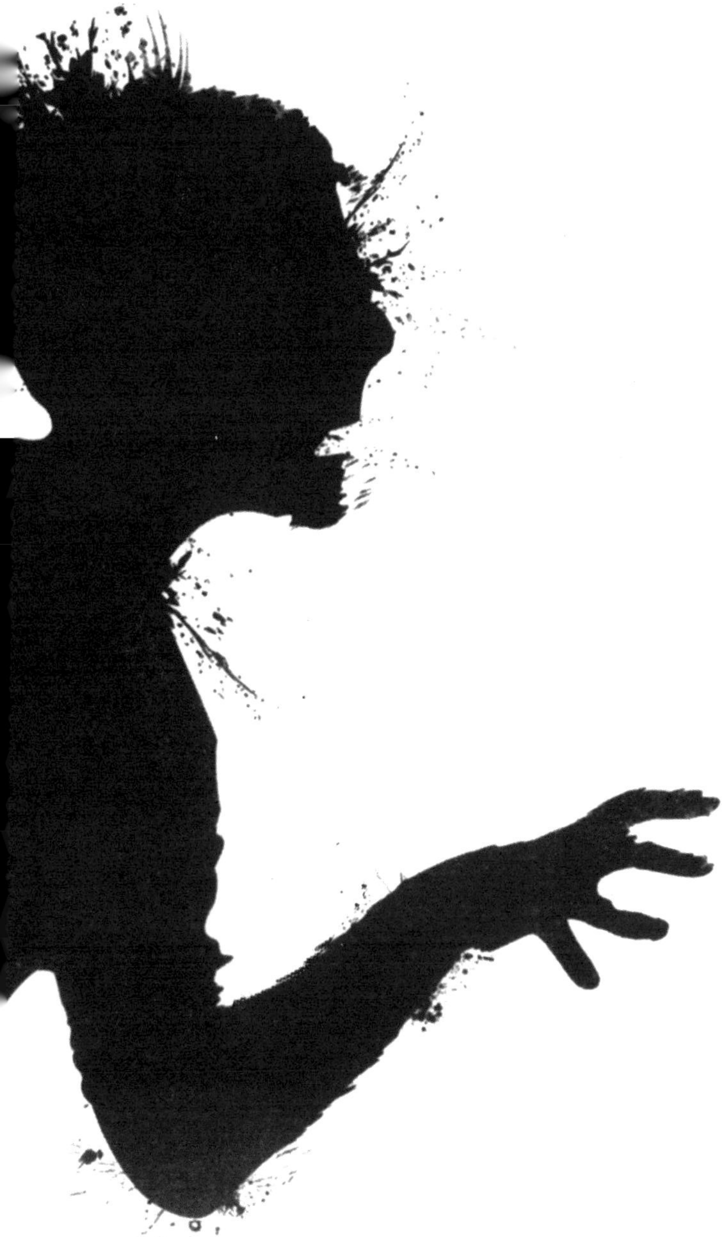

Steve e Fred

— Eles são muitos! – gritou Naomi, combinando perfeitamente com a derrapada dos pneus da moto.

Eles pararam a pouca distância da margem das árvores com o motor da Buell ronronando entre as pernas. Os olhos de Steve se estreitaram enquanto ele examinava o muro externo. Não eram os zumbis que o incomodavam. O portão principal do laboratório estava bloqueado. Um Humvee colidira com a carcaça incendiada do que parecia ser um trator semeador. O trailer deve ter avançado ainda mais, virando ao bater nos dois veículos. Poças brilhantes como de gelo cintilavam onde o fogo derretera partes dos passadiços de alumínio. *Não podemos ir por aqui.* Steve olhou Naomi por sobre o ombro.

– Hora de usar a entrada de serviço.

A neurocientista tombou a cabeça de lado.

– E *existe* uma?

Steve não pôde deixar de rir. Para alguém tão inteligente, Naomi podia ser bem burra. Steve lambeu o dedo e colocou-o teatralmente no vento.

– Vamos descobrir.

O laboratório estava inteiramente cercado. Ele esperava por isso. Devia haver, o quê?, uns cem se arrastando e apalpando de cada lado do perímetro hexagonal.

– Não estou vendo outro portão! – gritou Naomi, com o ronco da moto.

– Não estamos procurando um! – gritou Steve em resposta.

Ali! Um ponto onde os mortos-vivos tinham se espremido contra o muro. Talvez houvesse alguma coisa do outro lado: um sobrevivente vivo, um animal ferido, quem sabe, quem se importava? O que quer que fosse devia ser saboroso para atrair Fedorentos suficientes para esmagar alguns companheiros nos blocos de concreto expostos. A pressão criava uma massa sólida de carne necrótica comprimida e o ângulo raso permitia que os Fedorentos ainda móveis literalmente escalassem e pulassem o muro.

A "rampa" deve ter se formado pelo menos há algumas horas. A presa original há muito foi devorada. Só alguns demônios agora cambaleavam ou rastejavam pela rampa de mortos-vivos. Algumas partes de seus corpos ainda se mexiam: um braço acenava, uma mandíbula batia. Steve não dava a mínima para eles; o que o preocupava eram os móveis que ainda se arrastavam por eles. *Só alguns*. Ele assentiu imperceptivelmente. *Tudo bem.*

Naomi não reagiu quando Steve apontou a moto para a rampa. Só olhou o alvo quando ele acelerou o motor.

– Você vai... – começou ela.

– Só tem um jeito de entrar.

– Isso é *loucura*! – gritou Naomi, afrouxando a mão da cintura de Steve como se fosse saltar da Buell.

A mão esquerda de Steve por instinto disparou, segurando o pulso de Naomi e puxando-o para ele. Vendo seu olhar apavorado, ele abriu seu sorriso característico.

– Confie em mim.

De olhos arregalados e a pele de giz, Naomi só pôde assentir e se abraçar a ele com a maior força possível. Steve se voltou para a rampa, ainda sorrindo. *Tá legal, Gunny Toombs, essa é para vocês!*

A Buell disparou como uma bala de rifle, com Hansen curvado no uivo do vento. Quinhentos metros... Quatrocentos... Trezentos... Alguns zumbis próximos da rampa deram pela presença deles, virando-se e cambaleando para a moto que se aproximava. Duzentos metros... Cem... E agora eles formavam uma massa, agrupando-se em um enxame pequeno, mas apertado, bloqueando a rampa. Sem piscar, Steve sacou a M4 da bainha de couro surrado e, com os olhos ainda fixos à frente, apertou com firmeza o gatilho da arma. Foi um movimento que ele só tentou uma vez, na noite em que seu jato Harrier caiu nos arredores de Fallujah. O impacto quebrou-lhe um braço e as pernas, mas não seu espírito de guerreiro. Ele tentou usar os dentes para armar a carabina automática. Tinha dado certo na época, maldição se não desse agora. Os primeiros disparos estalaram de forma tranquila na câmara.

Não havia tempo para mirar. Teve de atirar sem pensar. *Crac!* O olho esquerdo do mais próximo desapareceu, uma nuvem marrom avermelhada explodindo da parte de trás da cabeça. Steve podia ter comentado sua mira, se houvesse tempo.

Crac! Crac! Mais dois derrubados, caindo como fantoches com as cordas rompidas. Dessa vez ele sorriu. *Ainda sou bom nisso.*

O caminho começou a se abrir, mas à velocidade ofuscante que corriam, será que se abriria com rapidez suficiente?

– Ah, meu Deus! – gritou Naomi.

Com a distância de meia dúzia de motos antes de chegarem à rampa, Steve apertou o gatilho da M4, disparando toda uma saraivada automática de passagens para o inferno revestidas de cobre. *Dê um beijo em Satã por mim*, pensou Steve. *Ou em minha ex-mulher, se a vir primeiro.*

A carabina estalou vazia pouco antes de cair o último zumbi e, com um leve triturar e uma explosão, cento e quarenta e seis cavalos trovejaram pela rampa. As rodas da Buell rasgaram a superfície pútrida, e Steve e Naomi foram catapultados pela cerca.

– OOOOOH-HAAAAA – gritou Steve, e por uma fração de segundo estava de volta ao cockpit, gritando sobre o deserto do Iraque, espalhando fogo e morte numa tempestade de estrelas. Mas ao contrário do jato AV-8, essa máquina não podia ser pilotada depois da decolagem.

O pneu dianteiro da Buell bateu no asfalto do estacionamento e derrapou em uma poça de restos humanos. O impacto lançou os dois do banco de couro customizado. Steve se dobrou, rolou e bateu no pneu de um Prius amassado. O motorista do híbrido, sem braços, sem rosto, olhava para ele da porta aberta. *Que pena que o carro "salve a Terra" não pôde fazer o mesmo por seu dono*, pensou ele.

Steve se pôs de pé com um salto. Podia ver Naomi deitada a vários metros. Estava de cara para baixo, sem se mexer. *Merda*. A moto estava caída no lado oposto. Não havia como saber se uma das duas estava viva.

Os gemidos e o fedor o atingiram como dois socos em sequência. Ele girou bem a tempo de ver o primeiro da horda de zumbis começar a se arrastar para eles. Onde diabos estava a M4? Ele a sentiu escorregar de sua mão quando bateram, ouviu-a deslizar pela superfície dura. Deve ter parado embaixo de um carro, mas qual? Devia haver centenas de veículos no estacionamento, o que também significava que devia haver centenas de ex-donos mortos-vivos ainda naquele terreno. Não havia tempo para se preocupar com isso nem para procurar a arma. Os demônios, agora uns vinte, avançavam lentamente para o corpo imóvel de Naomi.

A mão de Steve primeiro procurou a 9mm na jaqueta. *Não*. Ele se deteve. Se a M4 estivesse danificada ou perdida, sua Glock seria a única arma balística. *Além disso*, pensou ele, com o dedo se fechando no familiar punho de pele de tubarão em suas costas, *não seria justo com a* Musashi.

SSHHIING! A lâmina de vinte e três polegadas do ninjatô brilhou no sol de meio-dia, tão lisa e clara como no dia em que o sensei Yamamoto lhe deu de presente em Okinawa. "Seu nome é Musashi", explicara o velho. "O Espírito do Guerreiro. Depois de sacada, sua sede deve ser saciada com sangue." Bom, pensou ele, vamos torcer para que isto inclua a porcaria gosmenta que esses Fedorentos têm nas veias.

Um zumbi assomava no reflexo na lâmina. Steve girou, pegando-o com perfeição sob o pescoço. Ossos e músculos se separaram como gelo sob o fogo enquanto a cabeça ainda batia os dentes, rolando inofensiva para debaixo de uma minivan incendiada.

Centrado e firme.

Outro zumbi estendeu o braço para pegar a gola de Steve, que se abaixou sob o braço direito e saiu atrás de suas costas. Mais uma cabeça rolava.

Respirar e golpear.

Um terceiro levou a lâmina da Musashi no olho esquerdo.

Esquivar-se e balançar.

Um quarto perdeu o topo da cabeça. Steve agora estava a poucos passos de Naomi.

Centrado e firme!

Um quinto Fedorento teve o crânio cindido bem no meio.

– Steve. – Naomi olhou para cima com a voz fraca, os olhos sem foco. Estava viva.

– Tô com você, amor. – Steve a colocou de pé, ao mesmo tempo descendo a lâmina da Musashi pela orelha de um demônio que se arrastava entre eles. Pensou em procurar a M4, mas não havia tempo. *Muito mais aonde vamos.*

– Vem! – Steve a puxou por um enxame invasor e juntos eles correram até a Buell virada. Quando sentiu o motor roncar embaixo de seu corpo, *Made in USA!*, ele não se surpreendeu. Outro ronco também seria ouvido, abafado e fraco, crescendo a cada segundo. Steve tombou a cabeça de lado para a fumaça que enchia o céu. Lá estava: sua saída dali, um pontinho preto contra o sol carmim.

– Chamou um táxi? – disse Steve, sorrindo para Naomi. Pelo mais breve dos momentos, a linda intelectual sorriu.

Eles estavam a apenas cem metros das portas abertas do laboratório. Nenhum problema ali. Quatro lances de escada. Steve afagou a moto. Novamente, nenhum problema.

– Só temos de chegar ao heliporto no... – Steve se interrompeu. Seus olhos se fixaram em alguém, não, em *algo*. Um demônio se arrastava para eles de trás de um 4x4 amassado. Era baixo e lento e, mesmo a pé, ele e Naomi o teriam deixado comendo poeira. Mas Steve não pretendia sair. Ainda não. – Mantenha o motor ligado – disse ele e pela primeira vez Naomi não o questionou.

Mesmo com a pele podre, o sangue seco, os olhos sem vida e leitosos, ela também reconheceu Theodor Schlozman.

– Vá – foi só o que ela disse.

Steve desceu da moto e andou lentamente, quase despreocupado, para o demônio que se aproxima.

– Ei, doutor – disse ele com brandura, a voz fria como a morte ártica. – Ainda tentando salvar a Mãe Terra de seus filhos mimados?

O queixo de Schlozman despencou lentamente. Dentes quebrados e sujos se projetavam por nacos de carne humana podre.

– Huuuuuuuuuuuuuuaaaaaaaaaa – grunhiu o vencedor do Prêmio Nobel, estendendo as mãos sangrentas para o pescoço de Steve.

O fuzileiro naval o deixou chegar bem perto, quase o tocando.

– Como você costumava dizer – sorriu com malícia –, os braços servem para abraçar. – E girando a Musashi como um rifle de guarda de honra, decepou os dedos de Schlozman, depois as mãos, em seguida os braços, antes de saltar no ar e esmagar a cabeça do paleoclimatologista com um pontapé em círculo.

O cérebro que antes foi saudado como "A Maior Realização da Evolução" explodiu do crânio espatifado. Ainda intacto, girou para a Buell, caindo com um baque molhado bem na base do pneu dianteiro. *Touchdown*.

O fuzileiro naval embainhou a curta espada de assassino e voltou devagar a Naomi.

— Terminamos? — perguntou ela.

Steve olhou o Blackhawk que se aproximava. Cinco minutos para chegarem ao telhado. *Bem a tempo*.

— Só tive de jogar o lixo fora — respondeu antes de olhar para ela.

Ele acelerou o motor e sentiu os braços de Naomi se apertando em sua cintura.

— Lá atrás — disse ela, tombando a cabeça para o local onde ele a havia resgatado —, você me chamou de "amor"?

Steve virou a cabeça de lado com uma inocência perfeita e disse a única palavra em francês que quis aprender:

— *Moi?*

Ele acelerou o motor e o cérebro do professor Theodor Emile Schlozman foi esmagado sob a borracha como um tomate maduro demais. Steve sorriu enquanto a moto trovejava para...

Fred fechou o livro. Devia ter parado várias páginas antes. A dor por trás dos olhos agora se espalhara para a testa e descia ao pescoço. Na maior parte do tempo, ele conseguia ignorar a dor de cabeça constante. Na maior parte do tempo era só uma pulsação surda. Mas nos últimos dias chegava a ser quase debilitante.

Ele se deitou de costas, grudando a pele no piso de granito liso. Pousou a cabeça no trapo gorduroso e áspero que antes fora sua camiseta e tentou focalizar no centro do teto. A luminária acima quase parecia estar acesa. A esta hora da tarde, a luz do sol da janelinha atingia o prisma do vidro da lâmpada. Centelhas de arco-íris, dezenas delas, marchavam lindamente pelo papel de parede creme. Para ele, esta era a parte favorita do dia, e pensar que ele nem percebera quando chegou. *É a única coisa de que vou sentir falta quando sair daqui.*

E então sumiram. O sol tinha se movido.

Ele devia ter pensado nisso, planejado melhor. Se soubesse a que horas aconteceria, poderia ter lido até então. Talvez nem tivesse ficado com uma dor de cabeça tão forte. Deveria ter usado um relógio. Por que não tinha relógio? *Idiota.* Seu celular sempre dava a hora, a data e... Tudo. Agora o celular estava morto. Há quanto tempo isso aconteceu?

Precisa estar preparado, babaca.

Fred fechou os olhos. Tentou massagear as têmporas. Má ideia. O primeiro movimento para cima rasgou as crostas entre a pele e os cotos das unhas. A dor o fez soltar um silvo breve. *Idiota de merda!* Ele expirou lentamente, tentando se acalmar. *Lembre-se...*

Seus olhos se abriram. Percorreram as paredes. *Cento e setenta e nove*, ele contou. *Cento e setenta e oito*. Ainda funcionava. *Cento e setenta e sete.*

Contando... Recontando, cada impressão de punho com sangue, marca de pé, linhas de expressão de pânico e desvario na testa. *Cento e setenta e seis.*

É isso que acontece quando você se descontrola. NÃO volte lá!

Sempre deu certo, embora sempre parecesse levar um pouco mais de tempo. Da última vez, ele contou regressivamente até quarenta e um. Desta vez até trinta e nove.

Você merece uma bebida.

Era doloroso levantar-se. Sua lombar doía. Seus joelhos doíam. As coxas, as panturrilhas e os tornozelos ardiam um pouco. A cabeça girava. Por isso ele desistira de se espreguiçar pela manhã. A vertigem era o pior de tudo. Naquela primeira ocasião, ele se ergueu com muita rapidez; o hematoma na cara ainda pulsava da queda. Desta vez ele pensou que tinha se levantado bem devagar. *Mas se enganou, imbecil.* Fred caiu de joelhos. Assim era mais seguro. Manteve a cabeça virada para a direita; deste ângulo, você *sempre* olhava para a direita! Com a mão na borda para se equilibrar, a outra caiu na garrafa plástica de Coca na privada. A água estava só alguns graus mais fria, mas foi suficiente para lhe devolver a plena consciência. *Preciso beber mais, não só para a desidratação, mas para quando eu começar a ficar desorientado.*

Quatro goles. Não queria exagerar. O encanamento ainda funcionava. Por ora. Mas era melhor poupar. Era melhor ser inteligente. Sua boca estava seca. Ele tentou assoviar. Outra má ideia. Toda a dor o inundou a um só tempo; as rachaduras nos lábios, as feridas em seu palato mole, a infecção por estafilococos na ponta da língua que adquiriu quando tentava inconscientemente chupar as últimas partículas de comida entre os dentes. *Mas que bem do caralho isso me fez.*

Fred meneou a cabeça, enojado. Não estava raciocinando. Deixou os olhos abertos, e foi aí que cometeu o maior erro do dia. Olhou para a esquerda. Seus olhos se fixaram no espelho de corpo inteiro.

Um fracote lamentável o olhava dali. Lívido, o cabelo embaraçado e afundado, os olhos injetados. Ele estava nu. O uniforme de zelador não cabia mais. O corpo vivia da própria gordura.

Mané. Sem músculo, sem gordura.

Maricas. A pele cabeluda pendendo em rolos murchos de pústulas.

Monte de merda ridículo!

Atrás dele, na parede do outro lado, havia outras marcas que ele fez. Dia Dois, quando ele parou de tentar alargar a janela de trinta por trinta centímetros com as unhas e os dentes. Dia Quatro, quando ele evacuou as últimas fezes sólidas. Dia Cinco, quando parou de gritar, pedindo ajuda. Dia Oito, quando tentou comer o cinto de couro porque vira uns peregrinos fazerem isso num filme. Era um lindo cinto grosso, presente de aniversário de...

Não, não vá lá.

Dia Treze, quando o vômito e a diarreia cessaram. Que diabos havia naquele couro? Dia Dezessete, quando ficou fraco demais para se masturbar.

E cada dia cheio de choros e súplicas, acordos silenciosos com Deus e apelos chorosos por...

Não.

Todo dia que terminava, convenientemente, enroscado na posição fetal porque não havia espaço para se esticar.

NÃO PENSE NELA!

Mas claro que pensou. Pensava nela todo dia. Pensava nela a cada minuto. Falava com ela em sonhos e na terra de ninguém entre os sonhos e a realidade.

Ela estaria bem. *Tinha* de estar. Sabia se cuidar. Ainda cuidava dele, não é? Por isso ele ainda estava vivo em casa. Ele precisava dela, não o contrário. Ela ficaria bem. Claro que ficaria.

Procurava não pensar nela, mas sempre o fazia, e claro que outros pensamentos se seguiam a este.

Fracasso! Não ouviu os alertas! Não saiu quando podia!

Fracasso! Deixar-se aprisionar neste espaço mínimo, nem mesmo o quarto inteiro, só um box de banheiro do tamanho de um armário, bebendo da porcaria da privada!

Fracasso! Nem mesmo teve colhões para quebrar o espelho e fazer a coisa honrosa que deveria ter feito. E agora, se eles entrarem nem mesmo tem a porra das forças!

Fracasso, FRACASSO!

– FRACASSO!

Ele disse isso em voz alta. Merda.

A batida alta na porta o fez se espremer no canto mais distante. Havia mais deles; ouvia os gemidos ecoando pelo corredor. Combinavam com os que vinham da rua. Pareciam um mar ali, da última vez que ele subiu na privada para olhar. Nove andares abaixo, eles se agitavam como uma massa sólida, estendendo-se quase a perder de vista. O hotel devia estar inteiramente infestado, cada andar, cada quarto. Na primeira semana ele ouviu um arrastar de pés pelo teto. Na primeira noite, ouviu os gritos.

Pelo menos eles não sabiam abrir uma porta deslizante. Ele teve sorte ali: se fosse uma porta que se empurrasse em vez de deslizar; se a madeira fosse oca, e não maciça; se eles fossem inteligentes para deduzir como abri-la; se a porta ficasse no fundo do banheiro externo, em vez de mais para o lado...

Quanto mais os que estavam no quarto empurravam, mais pregavam outros, indefesos no banheiro na parede oposta. Se fosse uma linha reta, seu peso combinado, a quantidade deles...

Ele estava seguro. Não podiam entrar, por mais que arranhassem, lutassem e gemessem... E *gemessem*. O papel higiênico em seus ouvidos não funcionava mais. Muita cera e muita gordura os havia achatado contra as laterais dos canais. Se poupasse um pouco mais e não tentasse comer...

Talvez não seja o pior, ele se tranquilizou, de novo. *Quando chegar o resgate, vai precisar ouvir o helicóptero.*

Era melhor assim. Quando os gemidos ficavam muito ruins, Fred pegava o livro, outro golpe de sorte que ele teve ao correr para lá. Quando saísse dali, teria de localizar o dono, de algum jeito, e agradecer por ter esquecido o livro ao lado da privada. "Cara, isso me manteve são durante todo aquele tempo!", diria. Bom, talvez nem tanto assim. Ele ensaiou pelo menos outros cem discursos eloquentes, todos dados enquanto bebia alguns drinques refrescantes, ou mais provavelmente enquanto comia comida RPC. É como são chamadas na página 238: "Refeições Prontas para Comer." Eles realmente as produzem com substâncias químicas dentro da embalagem? Ele teria de voltar e reler essa parte. Amanhã, porém. A página 361 era sua preferida; da 361 até a 379.

Escurecia. Pararia agora, antes de sua cabeça doer demais. Depois, talvez, alguns goles de água e ele conseguiria dormir cedo. O polegar de Fred encontrou a página, marcada por uma dobra no canto.

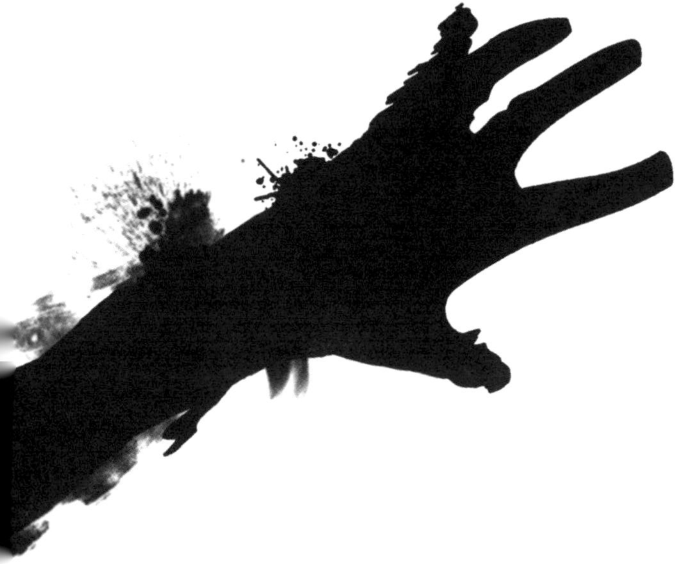

O Desfile da Extinção

Nós os chamávamos de submortos e para nós eles não passavam de uma piada. São lentos, desajeitados e burros. Muito burros. Nunca os consideramos uma ameaça. E por que o faríamos? Eles existiam a nosso lado, e abaixo de nós, ardendo como incêndio na mata desde que os primeiros humanoides deixaram as árvores. Fanum Cocidi, Fiskurhofn, todos ouvimos histórias. Um de nós até alegou estar presente em Castra Regina, embora quase todos o considerássemos um fanfarrão. Com o passar do tempo, testemunhamos suas erupções trôpegas e a reação igualmente trôpega da humanidade. Eles nunca foram uma ameaça séria nem a nós nem aos solares que devoravam. Sempre foram uma piada. E assim ri novamente quando soube de um pequeno surto em Kampong Raja. Laila me contou, naquela noite quente e calma, dez anos atrás.

– Não é a primeira vez. Quer dizer, não este ano. – Seu tom era um tanto fascinado, como se discutisse qualquer outro fenômeno natural raro. – Outros andaram falando sobre a Tailândia, o Camboja, talvez até sobre a Birmânia. – Mais uma vez eu ri e talvez tenha dito alguma coisa pejorativa sobre os humanos, provavelmente me perguntando quanto tempo levariam para limpar a sujeira. Só voltei a pensar nisso meses atrás. Os cochichos não cessaram. Recebíamos Anson, visitante da Austrália. Veio a "lazer", como chamou, uma oportunidade de "captar os sabores locais". Nós dois ficamos bastante cativados por Anson, ele era alto, belo e muito, muito jovem. Não se lembrava de uma época anterior à voz por fio e às pipas de metal. Seus olhos aliviados cintilavam de uma energia invejosa.

– Devem ter conseguido chegar a Oz – disse ele com uma empolgação infantil. Estávamos em nossa sacada, vendo os fogos de artifício de Hari Merdeka brotando sobre as Petronas Towers. – Não é incrível? – Ele se maravilhava e nós dois acreditamos que se referia aos fogos. – No início pensei que saberiam nadar, que podiam, sabe, não no sentido tradicional, mas andando debaixo da água. Mas não foi assim que terminaram em Queensland. Algo a ver com transporte ilegal de pessoas por mar. Um negócio sujo, pelo que soube, clandestino e assim por diante. Eu queria ter tido chance de ver alguns! Nunca tive, sabe, não "em carne e osso".

– Vamos esta noite! – intrometeu-se Laila, de repente. Eu via que o entusiasmo de nosso hóspede a havia contagiado. Comecei a falar da distância até o amanhecer, antes que ela me interrompesse: – Não, lá não. Bem aqui, esta noite! Soube que há um novo ataque a poucas horas, perto de Jerantut. Talvez tenhamos de andar um pouco pela mata, mas não seria meio divertido? – Fiquei curioso, tenho de confessar. Meses de boatos e uma vida inteira de histórias tinham cobrado seu tributo. Confessei a eles, como confesso agora a mim mesmo, que na realidade eu queria ver um "em carne e osso".

É fácil esquecer, quando se é um de nós, a rapidez com que o resto do mundo pode andar. Tantas florestas sumiram no que parece um piscar de olhos, substituídas por rodovias, condomínios homogêneos e quilômetro após quilômetro de plantações de palma para a extração de óleo. "Progresso", "desenvolvimento": só na noite passada, ao que parece, Laila e eu percorríamos as ruas acidentadas e escuras de uma nova cidade de mineração de estanho chamada Kuala Lumpur. E pensar que eu a segui desde Cingapura porque nossa casa anterior se tornara "civilizada" demais. Agora nosso Lexus LSA acelera por um rio de asfalto e luz do dia artificial.

Não esperávamos o bloqueio policial e a polícia não esperava por nós. Não perguntaram aonde íamos nem verificaram nossa identidade nem mesmo observaram que tínhamos espremido ilegalmente três caronas em um automóvel de dois lugares. Só acenaram, a mão de luva branca apontando o caminho que tomamos, enquanto a outra pousava trêmula na aba do coldre. Nunca vou me esquecer de seu cheiro, ou do cheiro dos outros policiais atrás dele, ou do pelotão de soldados atrás destes policiais. Eu não sentia um cheiro de medo concentrado desde os tumultos de 1969. (Ah, que época gloriosa foi essa.) Via na cara de Laila que ela estava louca para voltar ao bloqueio depois de nossa aventura. Ela devia ver o mesmo em mim.

– Cuidado – cochichou ela, com um dedo me futucando brincalhão as costelas. – Não é seguro dirigir embriagado.

Percebemos o segundo cheiro vários minutos depois, após arrancarmos na rodovia e voltarmos ao local, do outro lado do alto das árvores. O impacto olfativo nos atingiu como um muro, o terror humano mesclado com a carne em decomposição. Uma fração de segundo depois, nossos ouvidos foram assaltados por tiros distantes.

O bairro deve ter sido construído especialmente para os trabalhadores agrícolas. Filas de casinhas limpas ladeavam ruas largas e recém-pavimentadas. Víamos lojas, lanchonetes, duas escolas e a grande igreja católica, agora comum para os trabalhadores filipinos que recebíamos do interior. Do pináculo da igreja, o ponto mais alto deste povoado pré-fabricado, eu só podia ficar boquiaberto para a carnificina abaixo. Os tiros chamaram minha atenção primeiro, depois as manchas de sangue, em seguida rastros no chão, os buracos de bala revestindo várias casas, muitas parecendo ter janelas e portas despedaçadas por uma turba. Percebi os corpos por último, talvez porque já tivessem esfriado. A maioria estava aos pedaços, uma miscelânea de braços, pernas e troncos em meio a órgãos soltos e nacos amorfos de carne. Alguns cadáveres continuavam razoavelmente intactos e percebi que todos tinham pequenos buracos no meio da cabeça. Estendi a mão a fim de apontá-los para Laila e notei que ela e Anson tinham saído de nosso poleiro no telhado. Pensei que tivessem avançado aos sons dos tiros.

Por um segundo perdi-me em lembranças, ninado pela nostalgia do banquete sensorial de morte humana coletiva. Por um momento eram os anos 1950 de novo e eu espreitava pelas selvas em busca de presa humana. Laila e eu ainda falávamos ternamente de "A emergência", como perseguimos os rastros de cheiro, de insurgentes comunistas ou de soldados do país, como atacamos das sombras enquanto as armas de nossas presas (e seus intestinos) descarregavam pânico, como tragamos gulosamente as últimas gotas suculentas de seus corações de batimento frenético. "Se", lamentaríamos por décadas, "se 'A emergência' tivesse durado."

Ouvi dizer que quanto mais lembranças adquire, menos espaço tem a mente para o pensamento consciente. Não posso falar pelos outros, mas na minha idade, depois da recordação de tantas vidas espremidas em meu antigo crânio, sofro de lapsos ocasionais de "preocupação". Foi num desses lapsos, perdido no passado recente e lambendo de forma inconsciente os lábios, que desci de meu poleiro onisciente, contornei o canto da igreja e praticamente choquei-me com um deles. Era um homem, ou fora, há pouco tempo. O lado direito do corpo ainda era liso e maleável. O lado esquerdo fora muito calcinado. Vertia um fluido escuro e viscoso de várias feridas fumegantes. O braço esquerdo, abaixo do cotovelo, tinha sido decepado, um corte limpo, como de uma máquina, ou mais provavelmente um daqueles facões que os trabalhadores usavam para colher as safras. A perna esquerda arrastava um pouco, cavando uma trincheira rasa atrás dele. Avançou e eu, por instinto, recuei, agachando-me para um golpe letal.

E então veio o inesperado. Ele, a coisa, passou trôpega e lentamente por mim. Não se virou na minha direção. Seu único olho bom nem mesmo me fitou. Agitei a mão diante de seu rosto. Nada. Andei ao seu lado e o acompanhei por uns segundos. Nada. Até cheguei a ponto de me colocar bem na sua frente. Não só a besta silenciosa se recusou a parar, como me atropelou sem levantar os braços. Batendo na calçada, soltei uma gargalhada inesperada enquanto a abominação submorta pisava em meu corpo sem nem mesmo perceber!

Por fim notei a tolice de esperar qualquer outra reação. Por que ele me reconheceria? Seria eu comida? Estaria eu "vivo" no sentido humano? Essas criaturas obedeciam apenas a seu imperativo biológico e este imperativo os impelia na busca apenas de seres "vivos". Para seu cérebro primitivo e demente, eu era praticamente invisível, um obstáculo a ser ignorado e, na melhor das hipóteses, evitado. Por um segundo só pude me admirar do absurdo de minha situação, rindo como uma criança dessa obscenidade patética arrastando sua carcaça aleijada por mim. Depois me levantei, recuei o braço direito e o girei. Ri novamente quando a cabeça foi facilmente arrancada dos ombros, quicou forte na casa do outro lado e veio a pousar a meus pés. Seu único olho funcional continuava a se mexer, ainda procurava e, ridículo, ainda me ignorava. Esta foi a primeira vez que fiquei cara a cara com o que os humanos solares chamam de um "zumbi".

Os meses seguintes poderiam ser chamados de "noites de negação". Foram noites comuns, em que tentamos ignorar a ameaça crescente que nos cercava. Conversamos ou pensamos muito pouco nos submortos e não nos incomodamos em acompanhar os noticiários. Havia muitas histórias, de humanos e de nossa espécie, de levantes de submortos em cada continente. Os submortos eram incessantes e se expandiam, mas sobretudo eram tediosos. Sempre foram tediosos, como é o preço da imortalidade condicional. "Sim, sim, soube de Paris, mas aonde quer chegar?" "Claro que sei da Cidade do México, quem não sabe?" "Ah, pelo amor de Deus, vai falar em Moscou de novo?" Por três anos fechamos os olhos, enquanto a crise se aprofundava e os humanos continuavam a morrer ou se transformar.

E, no quarto ano, "As noites de negação" chegaram ao que nós, ironicamente, chamamos de "As noites de Glória". Foi quando o conhecimento geral do surto varreu o mundo, quando os governos começaram a revelar com formalidade e clareza a natureza da crise a seus povos. Foi quando os sistemas globais começaram a se corroer, quando os elos nacionais se fecharam e as fronteiras entraram em colapso, quando pequenas guerras se inflamaram e grandes tumultos grassaram pelo mundo. Foi quando nossa espécie entrou numa fase de êxtase desenfreado e celebratório.

Por décadas nos queixamos de nossa interrelação opressiva com os solares. As ferrovias e a eletricidade já impuseram pressão suficiente sobre nossa natureza voraz, para não falar do telégrafo e do amaldiçoado telefone! Mas recentemente, com a ascensão do terrorismo e das telecomunicações, parecia que toda parede era de vidro. Depois de deixarmos Cingapura, Laila e eu há pouco tempo pensamos em nos mudar da Península Malaia. Discutimos Sarawak ou talvez até Sumatra, qualquer lugar onde as luzes do conhecimento ainda não ardessem em nossos cantos escuros de liberdade. Agora nosso êxodo parecia desnecessário, pois as luzes começavam, felizmente, a diminuir.

Pela primeira vez em anos, podíamos caçar sem medo de celulares ou câmeras de vigilância. Podíamos caçar aos bandos e até nos prolongar em nossos repastos em luta.

– Quase me esqueci de como é a noite pura – disse Laila uma vez, emocionada, durante uma caçada na completa escuridão –, ah, que tempero delicioso é o caos. – Aquelas noites ainda nos encontraram profundamente gratos aos submortos e à distração libertadora que criaram.

Uma noite memorável encontrou Laila e eu escalando as sacadas do Coronade Hotel. Abaixo de nós, na Sultan Ismail Street, tropas do governo atiravam balas tracejantes em uma horda de cadáveres que se aproximava. Foi um espetáculo intrigante, tanto poder militar concentrado; triturando, esmagando, pulverizando, entretanto ainda não erradicando os submortos. A certa altura fomos obrigados a saltar à parte plana do telhado da Sugei Wang Plaza (não foi uma proeza pequena), enquanto a onda de choque de uma bomba aérea trazia uma chuva de vidro das janelas do hotel. Foi uma decisão de sorte, porque o telhado do Plaza por acaso estava apinhado de centenas de refugiados. Concluí, a partir dos recipientes abertos de comida e garrafas de água vazias, que os pobres infelizes estariam presos ali há algum tempo. Tinham cheiro de sujos e estavam exaustos, e profunda e sedutoramente apavorados.

Lembro-me de pouco mais, salvo lampejos de violência e as costas de presas em fuga. Mas me recordo de uma garota. Devia ser do interior, tantas eram as cidades inundadas naquele tempo. Será que seus pais acreditavam procurar abrigo? Será que ela ainda tinha pais? Seu cheiro carecia das impurezas dos moradores urbanos, não havia hormônios nem intoxicantes ingeridos nem mesmo o fedor cumulativo da poluição. Saboreei sua deliciosa pureza e mais tarde xinguei-me por me demorar na expectativa. Ela saltou sem hesitar, sem nada além de um grito curto. Vi seu mergulho para a horda de gemidos e convulsões.

Os submortos moviam-se como uma máquina, um mecanismo lento e deliberado com o único propósito de transformar uma criança humana aos gritos em uma massa de polpa irreconhecível. Lembro-me de seu peito soltando o último suspiro, os olhos encarando-me com um último brilho de reconhecimento antes de se extinguirem num mar de mãos e dentes.

Em minha juventude, ouvi um velho ocidental lembrar-se da queda de Roma e rangi meus dentes por invejar sua experiência na morte daquele império. "Meia civilização queimou", ele se gabava, "meio continente submergiu em um milênio de anarquia." Eu salivava, literalmente, com as histórias de caçadas pelas terras sem lei da Europa. "Era a libertação que vocês, asiáticos, nunca tiveram e, temo, jamais verão!" Como pareceu genuína sua previsão naquela curta década atrás. Agora soava oca como a casca de nossa sociedade esfarelada.

Não sei quando o êxtase deu lugar à angústia. Seria difícil identificar o momento exato. Para mim, pessoalmente, veio de Nguyen, um velho amigo de Cingapura. Muito instruído e naturalmente inteligente, era descendente de vietnamitas e passara muito tempo em Paris para estudar o existencialismo francês. Isso pode explicar por que ele nunca sucumbiu à volúvel busca pelo prazer tão comum em nossa raça. Também podia explicar por que foi ele, até onde sei, o primeiro a soar o alarme.

Conhecemo-nos em Penang. Laila e eu fomos obrigados a deixar Kuala Lumpur quando um incêndio desenfreado durante o dia ameaçou engolfar toda a nossa quadra. Vários de nossa espécie foram recentemente perdidos dessa maneira. Não compreendíamos muito bem como nossas vidas ficaram confortáveis nos tempos recentes, é bem verdade que apertadas, mas também extremamente confortáveis. A maioria de nós há muito abandonara a ideia dos ninhos fortificados. Eles desapareceram como o archote e o forcado. A maioria agora vivia como os solares, em casas confortáveis e, em alguns casos, opulentos palácios urbanos.

Anson viveu num desses palácios, em uma torre cintilante bem além do porto de Sydney. Como o resto de nosso mundo, sua cidade degenerara no caos provocado pelos submortos. Como o restante de nossa raça, seu apetite sucumbira ao êxtase dos bacanais de sangue. Pelo que soubemos, ele se retirou numa manhã para o alto de seu *alcazar* assim que o governo australiano deu permissão para usar a força militar. Ninguém sabe como seu prédio desabou. Ouvimos teorias que iam de disparos perdidos de artilharia a demolições detonadas mais abaixo, nas ruas da cidade. Torcemos para que o pobre Anson tivesse sido pulverizado na explosão, ou rapidamente imolado ao sol da manhã. Fugíamos da imagem dele preso sob milhares de toneladas de escombros, torturado pelas agulhadas do sol à medida que sua força vital lhe era esgotada.

Nguyen quase sofreu destino semelhante. Teve o bom senso de fugir de Cingapura na noite anterior à ofensiva dos solares. Naquela noite, ele vira, do outro lado da Johor Straits, arder sua terra natal de mais de três séculos. Também teve a presença de espírito de se desviar do crisol de Kuala Lumpur e ir para a nova "Zona de Segurança" solar de Penang. Milhões de refugiados inundavam as várias centenas de quilômetros quadrados de litoral urbanizado. Com eles, vinham aos poucos dezenas de nossa espécie, alguns de muito longe, como Dhaka. Conseguimos "adquirir" vários domicílios restritos, expulsando os donos humanos e protegendo-os contra futuros intrusos. O que faltava de conforto em nossos novos lares era compensado em segurança. Pelo menos, foi o que nos dissemos quando a situação se deteriorou e enxames de submortos moveram-se firmemente para mais perto de Penang. Foi em um desses domicílios, depois de uma noite de caça nos campos de refugiados próximos, que Nguyen verbalizou sua preocupação pela primeira vez.

– Fiz as contas – disse ele, com ansiedade –, meus cálculos são perturbadores. – De início não sabia do que ele falava. A geração mais velha tem habilidades sociais deploráveis. Quanto mais se retraem em suas lembranças, mais difícil é a comunicação. – Fome, doenças, suicídio, assassinato interespécies, baixas de combate e, é claro, contágio de submortos. – Minha expressão confusa deve ter ficado evidente. – Os humanos! – Ele sibilou para mim com impaciência. – Nós os estamos perdendo! Os porcos rastejantes os estão exterminando aos poucos.

Laila riu.

– Eles sempre tentaram e os humanos sempre os derrotaram.

Nguyen meneou a cabeça, furioso.

– Não dessa vez! Não neste mundo menor em que vivemos. Havia mais humanos do que nunca! Havia viagens e redes de comércio que ligavam esses humanos como nunca! Assim a peste se disseminou com tal rapidez e foi tão longe! Os humanos criaram um mundo de contradições históricas. Apagaram distâncias físicas enquanto erigiam as socioemocionais. – Ele suspirou com raiva para nossa expressão vaga. – Quanto mais os humanos se estenderam pelo planeta, mais desejaram se retrair para dentro de si mesmos. Enquanto o mundo encolhia e havia um nível maior de prosperidade material, eles usaram essa prosperidade para se isolar uns dos outros. Por isso, quando a peste começou a se disseminar, não houve um chamado global às armas, nem mesmo nacional! Por isso os governos trabalharam em sigilo reativo, e em vão, enquanto as populações se ocupavam de suas preocupações pessoais mesquinhas! A criatura solar mediana só vê o que está acontecendo quando é tarde demais! E é QUASE tarde demais! Eu fiz as contas! O *Homo sapiens* está perto de seu ponto crucial sustentável. Logo haverá mais submortos do que humanos vivos!

– E daí? – Nunca me esquecerei dessas palavras, ou do jeito despreocupado e inconveniente com que Laila as suspirou. – E daí que haja menos solares? Como você disse, se são egoístas e burros demais para impedir que os submortos os cacem, por que deveríamos nos importar?

Nguyen olhou como se o sol tivesse nascido nos olhos de Laila.

– Você não entendeu – disse ele, asperamente. – Não ligou os pontos. – Parou por um segundo, voltou vários passos e vasculhou a sala como se tivesse deixado cair as palavras certas em algum lugar no carpete. – Não estamos falando de "uns poucos solares", falamos de todos eles! TODOS ELES!

Agora toda a sala se voltou para Nguyen, embora seus olhos ardentes e acusativos se cravassem diretamente nos de Laila.

– Os *sapiens* lutam pela própria sobrevivência! E estão perdendo! – Ele abriu os braços teatralmente, desenhando um semicírculo na escuridão. – E quando o último deles desaparecer, do que, em nome do inferno, você, eu, ou qualquer um de nossa raça viverá!?!? – O silêncio foi a resposta a Nguyen. Seus olhos percorreram o grupo reunido. – Nenhum de vocês pensou além da refeição desta noite? Vocês não compreendem o que significa ter outro organismo competindo conosco por nossa única fonte de alimento?

A essa altura arrisquei uma resposta tímida, algo no estilo de "Mas os submortos um dia terão de parar. Eles devem saber...".

– Eles não sabem DE NADA! – interrompeu Nguyen. – E você SABE disso! Você SABE a diferença entre a espécie deles e a nossa! Nós caçamos humanos! Eles consomem humanidade! Nós somos predadores! Eles são uma praga! Os predadores sabem que não devem exagerar na caça nem superpovoar! Sabemos que sempre devemos deixar um ovo no ninho! Sabemos que a sobrevivência depende da manutenção do equilíbrio entre nós e nossa presa! Uma doença não sabe disso! Uma doença crescerá sem parar até que tenha contaminado todo o hospedeiro! E se matar esse hospedeiro significa matar a si mesma, que seja! Uma doença não tem o conceito de limites nem a noção de amanhã! Não consegue apreender as consequências futuras de seus atos e os submortos também não sabem! Nós sabemos! Mas não estamos fazendo isso! Estivemos de olhos fechados para isso! Estivemos COMEMORANDO! Nos últimos anos, estivemos alegremente dançando em um desfile para nossa própria extinção!

Percebi que Laila se agitava. Seus olhos se fixaram em Nguyen com uma expressão predatória enquanto os lábios finos se repuxaram até os caninos.

– Haverá mais solares – disse ela numa voz baixa, quase um silvo –, sempre haverá mais!

E este se tornou o pensamento convencional. Do histórico "Quando foi que os humanos não se ergueram contra o desafio dos submortos?" ao pragmático "Sim, o sistema socioeconômico global atual pode desintegrar, mas não os humanos em si", ou o cômico, "Desde que os humanos continuem fornicando sem maiores preocupações, sempre haverá mais". Do desdenhoso ao confrontante, tantos de nosso povo se agarravam ao mesmo argumento desesperado, "sempre haverá mais". Desesperado é o único adjetivo que descreve esta nova fase de nossa existência. Enquanto os submortos continuam a se multiplicar, enquanto eles se lançam sobre uma fortaleza humana depois de outra, o argumento do "sempre haverá mais" torna-se mais insistente, mais dogmático, mais desesperado.

No entanto não foram os discípulos do "mais" que perturbaram tanto meu sono diurno. Foram aqueles que pensavam como eu, que começaram a seguir a lógica de Nguyen e "fazer as contas" eles mesmos. A humanidade de fato chegava a seu ponto crucial coletivo. Os submortos incitaram uma reação em cadeia, como previu nosso sábio vietnamita. Toda noite os cadáveres formavam pilhas mais altas nas ruas e nos hospitais de Penang e nos campos de refugiados improvisados. Seguiram-se desnutrição, doenças, suicídio e assassinato, e os submortos nem haviam alcançado nossa área.

Sabíamos que assim não "haveria sempre mais", mas o que poderíamos fazer? "Fazer"; a questão no início parecia tão estranha. Eu mal conseguia perguntar a mim mesmo, que dirá aos outros. Agora que enfrentávamos uma ameaça apocalíptica, não seria a conclusão lógica evitá-la? É claro que seria, para todos, exceto para uma raça de parasitas passivos.

Éramos como pulgas observando nosso cão hospedeiro lutar por sua vida, jamais considerando que podíamos ter o poder de ajudá-lo. Sempre olhamos os solares de cima, como uma dita "raça inferior". Entretanto esta raça, confrontada diariamente com suas próprias fraquezas e sua mortalidade, controlava seu destino. Enquanto nós nos ocultávamos nas sombras, eles estudavam, transpiravam e mudavam a cara de seu mundo.

E era o mundo deles, não o nosso. Nunca sentimos qualquer senso de propriedade sobre a civilização de nossos "hospedeiros", não precisávamos contribuir e, o diabo nos livre, lutar por ele de maneira nenhuma. Enquanto as grandes metamorfoses, as guerras, migrações e revoluções épicas passavam diante de nossos olhos, desejávamos apenas o sangue, a segurança e o alívio habitual do fastio. Agora, enquanto o curso da história ameaçava nos carregar para o abismo, continuávamos agrilhoados pela paralisia quase genética.

Essas revelações, naturalmente, são fruto de uma reflexão atual. Não eram tão lúcidas quando saí para caçar naquela noite no lago Temenggor. A barricada humana na rodovia 4 era o último quebra-mar deles contra a onda de submortos. O que restou da guarnição militar erguera umas fortificações improvisadas, mas evitou destruir a ponte. Ainda deviam se prender à ideia de recuperar a margem oposta. A ilha central foi designada "zona de quarentena", a antiga área de preservação ambiental agora era tomada de "detentos". Nossa espécie a considerou um local ideal para caçar alguns refugiados incautos que se desgarravam demais dos outros. Aquela noite ficou vermelha de gula. Eu já me alimentara de dois refugiados antes de limpar meu corpo e procurar pelo terceiro. Tais atos antes seriam inauditos entre nosso povo, mas agora se tornavam lugar-comum. Talvez fosse um meio desvirtuado de compensação exagerada, uma necessidade inconsciente de exercer controle sobre nossa situação. Ainda não estou certo dos motivos mais profundos. Da perspectiva consciente e emocional, posso afirmar que qualquer sinal de prazer evaporara-se de minhas caçadas. Agora só o que eu sentia pelas vítimas era fúria, fúria e um desdém irracional. Minhas habilidades tornavam-se desnecessariamente dolorosas. Vi-me mutilando o corpo de minhas vítimas, e mesmo escarnecendo delas no instante antes da morte.

Certa vez cheguei ao ponto de aleijar o alvo com um golpe na cabeça, mas deixei-o consciente para ouvir minhas palavras. "Por que não faz alguma coisa?", zombei, minha cara a centímetros da dele. Ele era velho, estrangeiro e não entendia minha língua. "Ande!", rosnei, "Faça alguma coisa!" Tornou-se um mantra psicótico: "Faça alguma coisa, faça alguma coisa, FAÇA ALGUMA COISA!" Lembrando agora, desconfio de que "Faça alguma coisa" era menos uma provocação e mais um pedido mascarado de socorro. "Por favor, faça alguma coisa" era o que eu deveria dizer, "sua espécie tem os instrumentos e a vontade! Por favor, faça alguma coisa! Encontre uma solução que salve nossas raças! Por favor, faça alguma coisa! Enquanto vocês ainda são em bom número! Enquanto ainda há tempo! Faça alguma coisa! FAÇA ALGUMA COISA!".

Naquela noite, perto do lago Temenggor, eu estava embriagado demais de sangue para cometer tais atos em meu último festim. Uma infeliz abatida estava igualmente incapacitada, só que seu problema era mental. Muitos refugiados sofriam do que os humanos chamavam de "choque traumático". Muitos de seus corpos sobreviveram para além de suas limitações mentais. Os horrores que testemunharam, as perdas que suportaram, muitos tinham uma psique apenas dissolvida no limbo. A mulher de que me alimentei tinha tanta consciência de minha presença como os submortos. Quando abri suas veias, soltou o que só podia ser um breve suspiro de alívio.

Lembro-me de que seu sangue tinha um sabor repulsivo em minha língua, fino, faminto e tingido do resíduo cumulativo liberado pela celulite autodigerida. Pensei em rejeitá-la no meio do consumo e procurar uma quarta vítima. De repente fui distraído por uma cacofonia de gritos e gemidos, mais altos do que antes, vindos do lado oeste da ponte.

Os submortos tinham invadido. Vi no momento em que saí da selva. A barreira humana de carros virados e destroços enxameava de autômatos carnívoros. Se à linha de defesa faltaram balas ou coragem, não sei. Só o que vi foram humanos batendo em retirada diante do enxame. Centenas, talvez milhares de criaturas ultrapassaram a barricada, esmagando os confrades que formavam uma rampa de carne comprimida.

Corri para a ponte, chamando por Laila no tom que só nossa espécie consegue detectar. Não veio nenhuma resposta. Procurei na multiplicidade de humanos em fuga, na esperança de discernir sua aura âmbar escura contra a turba humana rosa-clara. Nada. Ela sumira. Nada além de solares frenéticos e a onda de submortos uivando. Foi a primeira vez que senti uma emoção tão intensa e há tanto esquecida. Não era ansiedade, eu me familiarizara demais com este sentimento. A ansiedade é fruto da possibilidade de danos; fogo ou sol, ou uma nova subespécie de ruína biomecânica. Isto não era ansiedade. Não era pensamento consciente. Era primitivo e instintivo, e pegou-me como uma garra invisível. Era algo que eu não sentia desde que meu coração parara de bater, tantos séculos atrás. Era uma emoção humana. Era medo.

É curioso ser espectador de seus próprios atos. Lembro-me de cada rasgo, cada golpe, cada segundo de violência enquanto eu abria caminho pela horda de submortos. Dez, onze, doze crânios implodindo, pescoços decepados... Cinquenta e sete, cinquenta e oito espinhas espatifadas, cérebros se rompendo, cento e quarenta e cinco, cento e quarenta e seis... Contei cada um deles, enquanto as horas se estendiam e os cadáveres se amontoavam. Compulsão era a única palavra que descreve meus atos naquela noite, operando independentemente da vontade, como um solar faria com uma de suas grandes máquinas. Compulsão sem inibições nem freios, até que outra mão segurou a minha. Retraí-me, reprimindo o golpe, e descobri meus olhos fitando os de Laila.

Suas mãos tremiam, escorregadias e negras de putrefação de submortos. Seus olhos ardiam de um regozijo bestial.

– Olhe! – Ela rosnou, referindo-se às centenas de montes silenciosos e mutilados diante de nós. Nada se mexia, exceto pelo bater dos dentes de umas poucas cabeças decapitadas. Laila ergueu o pé acima de um dos crânios que mordiam o ar e o desceu com um rosnado gutural. – Nós fizemos isto – exclamou, com a percepção crescendo em nossos peitos –, NÓS fizemos isso! – Ofegando pela primeira vez em séculos, ela gesticulou para a barricada distante, a onda seguinte de submortos agora a atravessava. – Mais. – Seus sussurros cresceram a um rugido. – Mais. Mais! MAIS!

Nos dias que se seguiram, permanecemos prostrados, moribundos. Como poderíamos saber que o fluido dos submortos era tão letal? As microfissuras de um combate próximo, a imersão funda em sua corrupção virulenta. Depois de uma noite de mil assassinados, parecíamos destinados a ser as derradeiras baixas.

– Pelo menos vocês se alimentaram antes – disse Nguyen, ao entrar em nosso santuário escurecido. – Descobri que o sangue dos *sapiens* é o único antídoto para a contaminação de vocês. – Ele trouxera duas refeições, um macho e uma fêmea, ambos amarrados, lutando e gritando com suas mordaças. – Pensei em silenciá-los – acrescentou ele –, mas preferi a pureza e não a conveniência. – Ele então colocou o pescoço da fêmea em meus lábios. – O influxo de adrenalina só acelerará sua recuperação.

– Por quê? – perguntei, surpreso com a generosidade de Nguyen. O egoísmo era uma característica comum em nosso povo, tanto das posses materiais como do sangue. – Por que guarda estas porções para nós? Por que não...

– Vocês dois são famosos – anunciou ele com uma frivolidade quase juvenil –, o que fizeram na ponte, o que os dois realizaram... Vocês inspiraram nossa raça!

Eu via os olhos de Laila se arregalarem enquanto ela se alimentava avidamente do macho. Antes que um de nós pudesse falar, Nguyen continuou.

– Bem, vocês inspiraram nossa raça em Penang. Quem sabe o que qualquer um de qualquer espécie está fazendo fora desta zona de segurança? Mas vamos resolver isto depois. Agora o fato é que vocês nos mostraram que é possível! Mostraram-nos uma solução, uma escapatória! Agora podemos todos lutar juntos! Alguns já começaram! Nestas últimas três noites, pelo menos uma dúzia pulou as defesas humanas e penetrou fundo no coração dos megaenxames que se aproximam. Milhares de submortos caíram! E outros milhões virão!

Não sei se foram as palavras de Nguyen ou a torrente de sangue humano, mas meus pensamentos penetraram rapidamente na euforia entorpecente.

– Vocês nos salvaram! – arrulhou em nossos ouvidos. – Declararam guerra.

E a guerra começou com muitos de nossa espécie seguindo o exemplo que Laila e eu demos no lago Temenggor. Pelo menos aprendemos com nosso erro quase fatal de exposição, e ora protegíamos as mãos com luvas, ora as enrolávamos em tecido impermeável. Alguns de nossa espécie aprenderam a lutar inteiramente com os pés, desenvolvendo o que imagino que os solares chamem de "arte marcial". Esses "dançarinos de crânio" lançavam-se acima dos braços agitados dos submortos, saltando e esmagando-os como se fosse um mar de cascas de ovo. Era gracioso, mortal e, embora não fosse muito importante para nosso esforço de guerra, também foi um dos poucos aspectos de nossa cultura que podíamos alegar ser verdadeiramente nosso.

Infelizmente cada dançarino de crânio tinha igual número de "imitadores", aqueles de nossa espécie que preferiam armar-se como os solares. Os imitadores brandiam invenções humanas; armas de fogo, armas brancas ou clavas. Seu argumento era de que estes implementos eram mais "eficientes" do que nossos corpos desarmados. Muitos escolhiam as armas com base na época ou na geografia de sua vida anterior. Não era incomum ver ex-chineses brandindo uma DaDao larga de punho duplo ou um ex-malaio carregando a tradicional Keris Sundang. Uma noite, nas Cameron Highlands, vi de fato um ex-ocidental rapidamente disparar e recarregar um mosquete enferrujado de pederneira "Brown Bess". "Alguns falam de Alexandre, alguns de Hércules", ele cantava com movimentos tão rápidos que correspondiam à velocidade de um rifle automático moderno, "de Hector e Lisandro e grandes nomes como estes!" Embora o espetáculo fosse impressionante, eu me perguntava sobre seu suprimento restante de pólvora e projéteis. Onde diabos conseguira os dois? Aliás, onde qualquer um deles obteve seus implementos e quanto tempo perderam em sua obtenção? O quanto eram realmente "eficientes", ou tinham apenas uma necessidade emocional subconsciente de se religar aos corações proativos que antes batiam neles?

Creio que esta última está no cerne de outra facção de imitadores ainda mais fanática. Apelidamos estes imbecis de "imitadores militarizados", que se organizavam em "equipes de assalto" quase humanas. Conferiam-se patentes e designações, criando inclusive protocolos, como saudações e senhas de segurança. Em um mês, várias dessas "equipes de assalto" brotaram e se espalharam por toda Penang.

A mais extraordinária era a do "marechal de campo Peng" (não era seu nome verdadeiro) e seu "Exército da Linha Sangrenta".

— O plano para a vitória está sendo finalizado agora, enquanto conversamos — disse-me ele uma noite, gesticulando para um mapa do Sudeste da Ásia. Laila e eu tivemos curiosidade suficiente para visitar o "marechal de campo" na esperança de que ele tivesse a solução para nossa situação precária. Vinte minutos no "QG do ELS" nos curou dessa esperança. Pelo que soubemos, o exército consistia em meia dúzia de integrantes, todos reunidos em torno de uma coleção de mapas e rádios humanos por satélite, além de livros humanos sobre tudo da área militar. Todos muito reluzentes em fardas pretas debruadas de dourado, com boinas vermelhas e até óculos escuros humanos, e escrevo isso sem zombaria. Mais impressionantes do que sua aparência eram suas proficientes habilidades de debate. "Defesa Estática", "Ponto de Estrangulamento", "Busca e Destruição", e "Limpar, Ocupar e Construir" foram algumas expressões que pegamos em meio ao alvoroço de embates verbais. O "marechal" deve ter percebido nossos olhares por sobre seu ombro e nossa reação a sua "Equipe de Operações Estratégicas". – O golpe final precisa ser decisivo – disse ele com confiança, sorrindo e assentindo para sua equipe. – Portanto, que brotem cem flores. Que lutem cem cardumes.

– Se tivéssemos cem de qualquer coisa – suspirou Laila enquanto desprezávamos o "Exército da Linha Sangrenta", a "Milícia Presas Expostas", a "Ala Não Tática" e alguns outros grupos de imitadores militares que mal deteriam algumas gotas de chuva da tempestade furiosa de submortos.

O número continuava a ser o maior ativo de nosso inimigo, número de corpos e horas. Quantas das últimas encontraram nossa espécie se alimentando, descansando, ou apenas escondidas dos raios do sol? Poderíamos dizer o mesmo da outra parte? Ao nos retirarmos a cada nascer do sol, aquelas carcaças em decomposição continuavam a avançar, matar e se multiplicar. Para cada enxame que detínhamos, a noite seguinte via substitutos imediatos. Para cada quilômetro que limpávamos no escuro, a nova luz trazia uma infestação renovada. Apesar de toda nossa alardeada força física, apesar de nossa suposta inteligência "superior", apesar da vantagem esmagadora de não sermos notados por nossos adversários, lutamos como jardineiros infelizes em face de uma praga devastadora.

Uma facção podia conseguir melhorar nossa situação e chamava-se os Sereias. Estes indivíduos corajosos assumiram a tarefa de procurar nossa espécie por todo o mundo e reuni-la em Penang para um esforço coordenado. Os Sereias acreditavam que só um verdadeiro exército de nossa espécie, concentrado às centenas em um local específico, poderia enfim começar a purificar nosso planeta. Aplaudi seus esforços, mas tinha pouca confiança no sucesso. Com o colapso do transporte global, como qualquer um de nós viajaria mais do que algumas dezenas, talvez centenas de quilômetros antes do amanhecer seguinte? Mesmo que encontrassem abrigo do sol a cada manhã, poderíamos dizer o mesmo em relação à sua nutrição? Poderíamos esperar que eles "vivessem do que a terra dá", na esperança de toda noite topar com algum posto humano avançado e isolado? Mesmo que alguns Sereias conseguissem entrar em contato com outros de nós, como os convenceriam de que Penang era mais seguro do que seu local atual? Como seria possível um êxodo em massa a Penang? Era quase impossível que alguém de nossa espécie andasse pelo planeta. Como poderia um suposto "exército"? Contrariando toda lógica, nunca perdi as esperanças de uma noite ver um navio aparecer em nosso litoral, ou uma aeronave (como se algum de nós soubesse pilotar) de repente descer do céu. Em todas as minhas noites de combate, fantasiava continuamente que de súbito centenas de nós se materializariam na noite. Vira cenas semelhantes da história humana, lugares como Stalingrado e o rio Elba, imagens de apertos de mãos e abraços, ícones de esperança renovada e derradeira vitória. Estes ícones assombravam meu repouso espasmódico, a me torturar e atormentar enquanto eu esperava em vão pelos Sereias.

Havia outras possibilidades, opções que podiam ter significado nossa salvação, mas a custo do sacrilégio. Nossa raça não tinha "religião" no sentido espiritual dos solares. Da mesma forma, não temos um código moral completo de conduta. Nossa lealdade firma-se apenas em dois tabus invioláveis.

A primeira era criar apenas um à nossa imagem. Era o motivo para que não conseguíssemos expandir nossa população. Embora nunca discutíssemos, esse mandamento tácito devia ter raízes na ideia predatória do equilíbrio. Como dissera Nguyen, seria impossível deixar um ovo no ninho se andassem predadores demais sobre a Terra. Era lógico e razoável, e a ascensão dos submortos, na realidade, afirmava essa ideia de equilíbrio. Mas, quando enfrentávamos o triunfo iminente dos submortos, será que não poderíamos, talvez apenas dessa vez, modificar um tanto nosso antigo cânone?

Havia talvez cem de nós em Penang, a maior concentração de nossa espécie na história. Desse número, talvez um quarto partira da região como Sereias, enquanto outro quarto preferia a masturbação militar ineficiente. Isso nos deixava cinquenta combatentes verdadeiros e capazes de lutar por apenas algumas horas a cada noite antes que a fome, a fadiga e o inevitável amanhecer obrigassem uma retirada. Embora nossos mortos noturnos chegassem aos milhares, ainda tinham a força de se propagar aos milhões.

Podíamos ter corrigido a equação com apenas a quantidade certa de solares transformados. Podíamos ter escolhido com cuidado e prudência, acrescentando apenas reforços suficientes, sem perturbar o equilíbrio entre bando e rebanho. Podíamos ter criado uma força grande o bastante para limpar a Península Malaia, depois o Sudeste da Ásia e assim por diante, quem sabe? Podíamos ter dado aos humanos apenas o espaço de que precisavam para respirar, tempo suficiente para talvez reunir novos recursos e terminar de purificar o planeta sem nossa ajuda. A oportunidade estava a nosso alcance, mas ninguém pensou em aproveitá-la.

Do mesmo modo, nosso segundo preceito ainda era inquestionável; o contato aberto e direto com a humanidade. Como o recrutamento, o anonimato tinha origem no desejo lógico pela sobrevivência. Como poderíamos, sendo predadores, revelar-nos para nossa presa? Desejaríamos o mesmo destino do tigre-dentes-de-sabre, do urso-de-cara-achatada, ou de vários outros exímios assassinos que no passado banqueteavam-se de ossos humanos? Em toda a história humana, nossa existência permaneceu relegada aos mitos e parábolas infantis. Mesmo agora, em meio à nossa luta paralela pela existência, conseguíamos ocultar dos olhos dos solares os nossos esforços.

E se abandonássemos os disfarces e nos revelássemos a nossos incautos aliados? Não seria necessária uma revelação total. Poderíamos desprezar as massas ignorantes em favor de alguns esclarecidos. Se não o governo malaio, talvez então outros que operassem "no exílio" pela região. Ainda deviam existir algumas zonas de segurança próximas, como a nossa, alguns líderes humanos dispostos a chegar a um entendimento mútuo. Não pediríamos muito, apenas o direito de continuar a caçar como antes. Os líderes *Homo sapiens* jamais foram avessos a sacrificar o próprio povo. Poderíamos até negociar fronteiras distintas, alimentando-nos de refugiados específicos que perderam tudo no caos. Quem lamentaria, ou mesmo perceberia seu falecimento? Talvez os mais lúcidos pudessem se submeter de boa vontade. O sacrifício pessoal não era novidade para os solares. Alguns poderiam se orgulhar de literalmente derramar seu sangue pela sobrevivência de sua espécie. Seria este um preço muito alto para sua raça? Seria um risco muito elevado para a nossa raça? Como no recrutamento, eu não sabia de nenhuma afronta a esta lei sacrossanta. É um consolo amargo que a covardia não seja apenas uma vulnerabilidade de nossa espécie. Em minha curta vida, vi tantos corações da noite e do dia que careciam da simples coragem de questionar suas convicções. Agora conto a mim mesmo entre os culpados, que preferem o esquecimento certo à perspectiva opaca do "por que não?".

Meu sono foi sem sonhos no dia da queda de Perai. Era a maior concentração de campos de refugiados na zona de segurança de Penang e por isso alguns de nós fixaram residência do outro lado do rio, em Butterworth. Ainda era relativamente fácil nos alimentarmos na zona de segurança do continente, ao contrário da ilha de Penang, onde o governo conseguiu impor a lei marcial. A fonte carmim de Perai nos fortalecia a cada noite para a batalha. Também fortalecia o esforço humano como a última base de fabricação de munição.

Quando aconteceu a explosão, eu repousava profundamente depois de nossa batalha mais feroz até aquela data. Três dúzias de nós andaram furtivamente pelo muro dos solares junto ao estreito rio Juru e atacaram o coração de um enxame turbulento nos arredores de Tok Panjang. Voltamos esgotados e desestimulados, mal perturbando a investida incessante deles em direção aos humanos. De nosso apartamento de paredes finas que tomamos à força, ouvíamos os gemidos coletivos subindo com a brisa da manhã.

– Amanhã à noite será diferente – asseverou-me Laila. – Os solares ainda têm o Juru como barreira natural e todo dia erguem um pouco mais sua muralha. – Eu não sabia se acreditava nela, mas estava cansado demais para discutir. Desabamos nos braços um do outro enquanto o amanhecer rompia sobre a ameaça próxima.

Despertei em pleno ar, quando a onda de choque arremessou-me na parede mais distante do quarto. Meio segundo depois, senti como se montes de ferro incandescente de repente comprimissem minha pele. A detonação explodiu nossas janelas e o vidro rasgou nossas cortinas com blecaute. Ainda cego pela luz do dia refletida e ofegando de meus ferimentos fumarentos, rolei ao chão, tateando freneticamente em busca de Laila. Seus braços me encontraram primeiro, envolvendo minha cintura e puxando-me sobre seu ombro.

— Não lute! – gritou e atirou um manto em minha cabeça. Um salto, um espatifar de vidro, depois estávamos no concreto, seis andares abaixo. Laila partiu à velocidade da luz, seus passos ecoando por um mar de cacos.

— Mas o que... – consegui grasnar.

— As fábricas! – respondeu Laila. – Um incêndio e um acidente... Eles estão aqui! Estão por todo lado!

Eu sentia o cheiro de sua carne queimada. Quanto de seu corpo fora exposto? Quanto tempo mais ela teria antes de entrar em combustão? Aqueles três segundos pareceram uma eternidade antes de eu sentir seu salto novamente. A mão de Laila abruptamente se enfraqueceu quando fomos separados por um jato frio e duro.

O manto flutuou de meu rosto. O que teriam sido ferimentos pequenos e abrasadores agora se dissolviam em um tormento de ebulição generalizada. Eu via que Laila tomara o rumo de Mallaca e me levava pela mão para os bolsões de sombra sob os barcos ancorados. Eles agora eram muitos, com os tanques de combustível secos e os conveses apinhados de fugitivos. De baixo, apareciam para nós como nuvens aos solares. Encontramos um lugar de repouso sob a semiescuridão de um tanque de combustível. Ironicamente estava ancorado em um barco de passeio afundado. Sentamos com as costas apoiadas no casco quebrado do iate, nós dois chocados e esgotados demais para nos mexer. Só quando o movimento da sombra nos forçou a mudar de posição foi que percebi até que ponto Laila estava ferida.

Seu corpo estava quase todo tostado. Quantas vezes a avisei para não dormir despida! Olhei a máscara de horror que se tornara seu rosto, na névoa daquele instante, partículas carregadas que se erguiam indolentes de seu osso branco e exposto. Ela sempre fora tão fútil, tão obcecada por sua beleza imaculada. Por isso voltou para nós tantos séculos atrás. Seu pior pesadelo era a perda da aparência. Eu só podia ficar agradecido que a água do mar mascarasse minhas lágrimas. Forcei um sorriso corajoso e passei o braço por seu ombro quase esquelético. Enquanto seu corpo se sacudia em meu abraço, um braço carbonizado e preto se ergueu para apontar a praia de Penai.

Os submortos se aproximavam, andando na névoa formada de lama. É claro que eles não deram por nossa presença, passando sem o mais leve reconhecimento. A ilha de Penang, último refúgio humano, era agora seu único alvo. Observamo-los em silêncio, debilitados demais até para sair de seu caminho. Um deles se aproximou o bastante para tropeçar em minha perna estendida. Ao cair em câmera lenta, estendi o braço para pegá-lo. Não sei por que fiz isso, nem Laila. Ela me olhou indagativamente e, com igual confusão, dei de ombros. Os restos queimados e rachados de seus lábios se repuxaram num sorriso, tanto que seu lábio inferior se dividiu em dois. Fingi não perceber, vendo a cavalgada de cadáveres até que a superfície do mar foi do laranja ao azul, ao laranja, ao roxo e, por fim, ao abençoado negro.

Chegamos à margem várias horas depois do pôr do sol, nos dentes de uma batalha furiosa. Agora era a minha vez de carregar Laila. Coxeando e trêmula, ela se agarrava a meu pescoço enquanto passávamos em disparada pelo confronto na praia. Encontrei um esconderijo fundo e seguro em meio ao entulho do declive Komptar Tower, em Georgetown. Sua inacessibilidade para solares e a luz do dia era o que pedíamos agora. Com Laila repousando em silêncio de costas, o vapor perpetuamente subindo de seus ferimentos, só o que eu podia fazer era segurar os restos mutilados de sua mão e cochichar as mais leves cantigas de ninar de uma juventude distante e quase esquecida.

Permanecemos ocultos em nosso esconderijo por sete noites, Laila recuperando-se aos poucos enquanto eu procurava sangue depois do escurecer. Ainda havia alguns humanos vivos em Penang, lutando corajosamente enquanto onda após onda de submortos saía do mar. Aquelas noites testemunharam o melhor de sua espécie e o pior da nossa.

Não havia pesadelo maior do que ver um dos nossos matar um companheiro. A vítima era menor e mais fraca. Foi assassinada por um macho maior, pelo que pude ver, por uma refeição pouco consciente. Loucura? Ainda havia muitos solares vivos. Por que brigar por este? Loucura. Tantas mentes humanas entraram em colapso. Por que deveríamos ser diferentes? Observei vários outros assassinatos durante essas sete noites, inclusive um que aconteceu por nenhum motivo que eu pudesse distinguir. Havia dois machos equivalentes, cada um deles rasgando, mordendo e tentando extrair o coração do outro. Na época pensei quase poder ver a insanidade deles, uma entidade viva de pura demência que golpeava meus confrades como os brinquedos de guerra de uma criança sádica. Só mais tarde me perguntaria se o duelo dos dois seria, não homicídio, mas suicídio mutuamente consentido.

Tirar a própria vida não era novidade nenhuma para meu povo. A imortalidade sempre gerava desespero. Mais ou menos uma vez a cada século, ouvíamos histórias de alguém "entrando numa fogueira". Nunca vi esse ato pessoalmente. Agora me tornava um espectador noturno. Às lágrimas ou em silêncio, eu via tantos de minha espécie, tantos espécimes belos, fortes, aparentemente invencíveis apenas entrar em prédios em chamas. Também fui testemunha de vários atos de "suicídio pelos submortos" quando vários de meus amigos cravaram as presas de forma voluntária na carne pútrida da peste ambulante. Embora seus uivos de agonia torturassem minhas horas de vigília, nada dilacerou meu coração como a noite em que encontrei Nguyen.

Ele errava, por falta de palavra melhor, pelo meio da Macallister Street, por entre restos de submortos e cadáveres de solares. Sua expressão era tranquila, quase alegre. De início, não pareceu dar por minha presença. Seus olhos se fixavam no leste luminoso.

– Nguyen! – gritei, nervoso, sem querer desperdiçar mais tempo para chegar em "casa". Era cada vez mais difícil caçar e eu estava ansioso para levar minha presa a Laila antes do nascer do sol. – Nguyen! – gritei com uma impaciência crescente. Por fim, em minha terceira chamada, o antigo existencialista se virou. Olhou para mim, parado nos destroços da velha mesquita, e acenou amigavelmente. – O que você... – comecei, mas fui rapidamente silenciado por sua resposta.

– Só estou andando para o amanhecer. – Seu tom implicava um ato ao mesmo tempo evidente e esperado. – Só andando para o amanhecer.

Não contei a Laila o que vi nem sobre qualquer dos horrores para além de nossa pequena caverna. Ao alimentá-la com a presa que mal respirava, forcei o sorriso mais luminoso possível e repeti as palavras que ensaiei mentalmente.

– Vamos ficar bem – comecei –, sei que vamos sair dessa. – A ideia me viera no primeiro dia sob o barco e germinou rapidamente com o passar de várias noites.

"Criação de gado", comecei, e suas pálpebras que ainda se curvavam enrugaram-se de assombro. "Foi assim que os solares se tornaram a espécie dominante no planeta. A certa altura deixaram de caçar animais para domesticá-los. É o que vamos fazer!" Antes que ela pudesse falar, coloquei a mão em seus lábios que se regeneravam. "Pense nisso! Ainda há centenas de navios que devem conter milhares de solares. Só o que precisamos é tomar posse de um desses navios. Navegaremos com nosso gado a uma ilha em algum lugar. Existem milhões delas perto daqui. Só precisamos encontrar uma com tamanho suficiente para construir uma fazenda de criação de solares! Algumas dessas ilhas talvez já tenham fazendas! Bem, os humanos não pensam assim, pensam que são refúgios. Mas espere só até chegarmos! Uma noite de violência será suficiente para eliminar os alfas do rebanho. O resto virá por si só. Eles já passaram por tanta coisa que estarão maduros para a conquista! Começaremos a criar solares! Extirparemos os problemáticos, engordando e amarrando os submissos. Podemos até selecionar a inteligência deles com o tempo. E temos todo o tempo do mundo! Os submortos não durarão para sempre, você os viu apodrecer, hein? Hein? Quanto tempo eles podem durar, alguns anos, algumas décadas? Esperaremos que se extingam, seguros em nossa ilha, com nosso suprimento de sangue autossustentável, ou melhor, melhor ainda, vamos a Bornéu e à Nova Guiné! Ainda devem existir algumas tribos humanas por lá que não foram tocadas por este holocausto! Podemos nos tornar seus governantes, suas deidades! Não precisaríamos cuidar deles nem abatê-los, eles fariam tudo sozinhos, por amor a seus novos Deuses! Podemos fazer isso! Você verá! Podemos e FAREMOS!"

A essa altura, eu acreditava legitimamente em tudo o que defendia. Não importava como encontraríamos e capturaríamos um navio ou uma ilha. Não importava como manteríamos o "rebanho" místico de solares cativos, como permaneceriam saudáveis ou até como os alimentaríamos. Eu só pensava na opção Bornéu-Nova Guiné e esses detalhes pareciam ainda mais banais do que a criação de gado humano. O que importava era o quão profundamente queria acreditar em mim mesmo, o quanto queria que Laila acreditasse em mim.

Eu devia ter reconhecido o sorriso em seu rosto, o quanto se assemelhava ao de Nguyen. Deveria tê-la contido naquele momento, com aço e concreto, mesmo com meu próprio corpo. Jamais deveria ter dormido naquele dia. Não deveria me surpreender com o que encontrei na manhã seguinte. Laila, minha irmã, minha amiga, meu céu noturno forte, belo, eterno. Quanto tempo se passou desde que éramos crianças com um coração batendo, rindo e brincando sob o calor do sol do meio-dia? Quanto tempo desde que a segui para as trevas? Quanto tempo se passaria até que eu a seguisse para a luz?

As noites agora são tranquilas. Os tumultos e incêndios há muito cessaram. Os submortos estão em toda parte, arrastando-se sem rumo até onde a vista alcança. Passaram-se quase três semanas desde que cacei os últimos humanos que estavam na cidade, quase quatro meses desde que minha amada Laila transformou-se em cinzas. Pelo menos parte de minha estratégia de criação tomava forma. Ainda existiam alguns solares em navios ancorados, vivendo de peixes, água da chuva e alguma esperança de um eventual resgate. Embora eu me alimentasse o mais parcamente possível, sua população continuava a diminuir. Calculei no máximo mais alguns meses antes de eu esgotar o que restava deles. Mesmo que eu tivesse metade do conhecimento, ou vontade, para implementar meu plano de domesticação, ainda não restaria o suficiente deles para um rebanho sustentável. A realidade pode ser a mestra mais cruel e, como uma vez disse Nguyen, "eu fiz as contas".

Talvez alguns de minha espécie tenham projetos semelhantes de "criação". Talvez alguns tenham tido sucesso. O mundo de repente tornou-se um lugar muito, muito grande, e sempre existem possibilidades do outro lado de seu vasto horizonte. Suponho que eu poderia tentar partir em busca dessas colônias de sobreviventes, com um ou dois solares amarrados debaixo dos braços. Talvez eu pudesse encontrar um meio de mantê-los vivos por um tempo, dando-lhes comida e água, acorrentando-os durante o dia, enquanto me escondia. Lembro-me de um dos Sereias discutindo uma ideia parecida para sua estada. Se racionasse com cuidado e viajasse à velocidade máxima, eu poderia até cobrir uma boa distância próxima. E o que descobriria é o que me mantém preso à ilha de Penang. Pelo menos na ignorância pode haver fantasia e, nestas últimas noites, a fantasia é tudo que me resta.

Em minha fantasia, carcaças móveis e repugnantes não herdarão a Terra. Em minha fantasia, as crianças da noite e do dia de algum modo sobreviverão por tempo suficiente para que os submortos se dissolvam em pó. Por isso conservei essas memórias, no papel, em madeira e até vidro, imitando um "romance apocalíptico" humano.

Em minha fantasia, não estou simplesmente desperdiçando minhas últimas noites com divagações infrutíferas e malthusianas. Minhas palavras servirão de guia, um alerta e a consequente salvação da raça conhecida como Vampiros. Não sou o último bruxulear de uma luz que se deixou extinguir. Não sou o último dançarino no desfile da extinção.

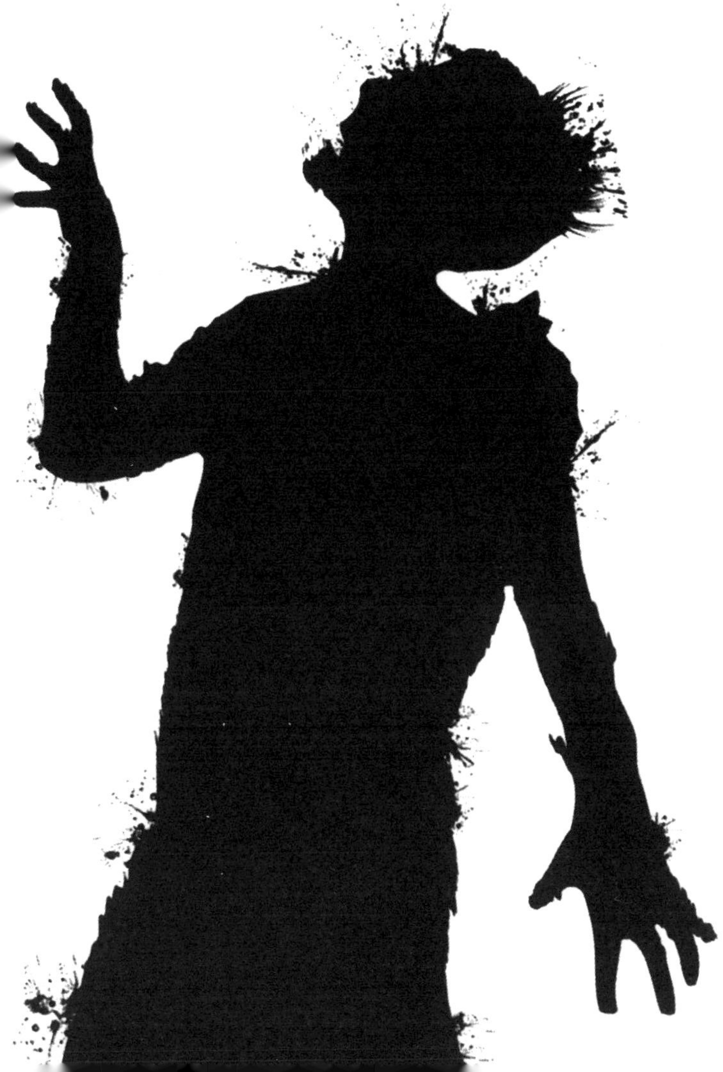

A Grande Muralha:
Uma História da Guerra Zumbi

A entrevista a seguir foi realizada pelo autor como parte de seus deveres oficiais na Comissão para a Coleta de Dados Pós-Guerra das Nações Unidas. Embora tenham aparecido trechos no relatório oficial da ONU, a íntegra da entrevista foi omitida da publicação pessoal de Brooks, agora intitulada Guerra Mundial Z, *por incompetência burocrática dos arquivistas da ONU. A seguir, há um relato em primeira mão de uma sobrevivente da grande crise que agora muitos chamam simplesmente de "A Guerra Zumbi".*

A GRANDE MURALHA: SEÇÃO 3947-B,
SHAANXI, CHINA
Liu Huafeng começou sua carreira como vendedora da loja de departamentos Takashimaya, em Taiyun, e agora é dona de um pequeno empório perto de seu antigo emprego. Este fim de semana, como o primeiro fim de semana de cada mês, é de seu serviço de reservista. Armada com um rádio,

um sinalizador, binóculo e uma "DaDao", versão modernizada da antiga espada chinesa de lâmina larga, ela patrulha o trecho de cinco quilômetros da Grande Muralha tendo como companhia nada além do "vento e minhas lembranças".

– Esta seção da Muralha em que eu trabalhei estende-se de Yulin a Shemnu. Originalmente foi construída pela dinastia Xia, erigida de areia compactada e terra entremeada de junco, revestida dos dois lados por uma casca grossa e externa de tijolos de barro cozido. Nunca aparece em nenhum postal para turistas. Nunca teria esperado rivalizar com seções da icônica "espinha de dragão" de pedra da era Ming. Era maçante e funcional, e, quando começamos a reconstrução, tinha desaparecido quase completamente.

"Milhares de anos de erosão, tempestades e desertificação cobraram um tributo drástico. Os efeitos do 'progresso' humano foram igualmente destrutivos. Ao longo dos séculos, os moradores usaram – saquearam – os tijolos como material de construção. A construção de uma estrada moderna também fez sua parte, removendo seções inteiras que interferiam no tráfego 'vital' do continente. E é claro, o que foi iniciado pela natureza e o desenvolvimento em tempos de paz, a crise, a infestação e a subsequente guerra civil terminaram no curso de vários meses. Em alguns lugares, só restaram montes esfarelados de enchimento compactado. Em muitos outros, não restava nada.

"Eu não sabia dos planos do governo de restaurar a Grande Muralha para nossa defesa nacional. No início, nem sabia que fazia parte do esforço. Naqueles primeiros dias havia tantas línguas diferentes – dialetos locais que podiam ser canto de passarinho, pelo sentido que faziam para mim. Na noite em que cheguei, só se viam archotes e faróis de alguns carros quebrados. A essa altura, eu já andava há nove dias. Estava cansada, assustada. Não sabia o que encontraria, apenas que as formas que corriam diante de mim eram humanas. Não sei quanto tempo fiquei parada ali, mas alguém de uma turma de trabalho me localizou. Correu e começou a falar, animado. Tentei mostrar que eu não compreendia. Ele ficou frustrado, apontando o que parecia ser uma obra atrás dele, uma massa de atividade que se estendia para os dois lados no escuro. Novamente, meneei a cabeça, apontando para meus ouvidos e dando de ombros como uma tola. Ele suspirou com raiva, depois levantou a mão para mim. Vi que segurava um tijolo. Pensei que ia me bater com ele e comecei a recuar. Ele então colocou o tijolo em minhas mãos, acenando para a obra, e me empurrou para lá.

"Fiquei à distância de um braço do trabalhador mais próximo antes dele me tomar o tijolo. Este homem era de Taiyuan. Eu o entendi com clareza. 'Ora, que merda está esperando?', rosnou ele para mim. 'Precisamos de mais! Vá! VÁ!' E assim fui 'recrutada' para trabalhar na nova Grande Muralha da China."

Ela aponta para o edifício de concreto uniforme.

– Não tinha essa aparência naquela primeira primavera nervosa. O que está vendo são reformas e reforços de guerra. Não tínhamos nada perto desse material na época. A maior parte de nossa infraestrutura de sobrevivência estava presa do lado errado da muralha.

– No lado sul?

– Sim, no lado que antigamente era seguro, no lado que a Muralha, que toda a Muralha, de Xia ao Ming, originalmente devia proteger. No passado, os muros eram uma fronteira entre os abastados e os desprovidos, entre a prosperidade do Sul e o barbarismo do Norte. Mesmo nos tempos modernos, certamente nessa parte do país, a maior parte de nossa terra arável, bem como nossas fábricas, nossas estradas, ferrovias e pistas de decolagem, quase tudo o que precisamos empreender como uma tarefa monumental está do lado errado.

– Soube que parte da maquinaria industrial foi transportada para o Norte durante a evacuação.

– Só o que podia ser carregado a pé, e só o que estava nas imediações da obra. Nada mais distante do que, digamos, vinte quilômetros, nada além das linhas de batalha imediatas ou das zonas isoladas para dentro do território infestado.

"O recurso mais valioso que conseguimos tirar das cidades vizinhas foi o material usado para construir as cidades em si: madeira, metal, blocos de concreto, tijolos – alguns dos mesmos tijolos que originalmente foram roubados da muralha. Tudo isso entrou na louca colcha de retalhos, misturado com o que podia ser fabricado rapidamente na obra. Usamos madeira do projeto de reflorestamento Grande Muralha Verde[2], móveis e veículos abandonados. Até a areia do deserto sob nossos pés misturamos com entulho para formar parte do cerne, ou foi refinada e aquecida para fazer blocos de vidro."

– Vidro?

---

[2] A Grande Muralha Verde: um projeto de restauração ambiental pré-guerra que pretendia conter a desertificação.

— Grande, assim. — *Ela desenha a forma imaginária no ar, de aproximadamente vinte centímetros de extensão, largura e profundidade.* — Um engenheiro de Shijiazhuang teve a ideia. Antes da guerra, ele era dono de uma fábrica de vidro e percebeu que, como os recursos mais abundantes da província eram carvão e areia, por que não usar os dois? Uma imensa indústria surgiu, quase que da noite para o dia, para fabricar milhares desses tijolos grandes e embaçados. Eram grossos e pesados, impenetráveis a um punho mole e exposto de um zumbi. "Mais forte do que a carne", costumávamos dizer e, infelizmente para nós, muito mais afiado, às vezes os assistentes do vidraceiro esqueciam-se de lixar as bordas antes de dispô-los para transporte.

Ela espia a mão na guarda de sua espada. Os dedos continuam em garra. Uma cicatriz branca e funda desce pela palma da mão.

— Eu não sabia que devia enrolar as mãos. Cortou até o osso, decepou os nervos. Não sei como não morri de infecção, como tantos outros.

"Era uma existência brutal e desvairada. Sabíamos que todo dia trazia as hordas do Sul para mais perto e que qualquer segundo de atraso nosso condenaria todo o esforço. Dormíamos, se é que dormimos, onde trabalhávamos, comíamos onde trabalhávamos, urinávamos e defecávamos onde trabalhávamos. As crianças, os 'Escoteiros dos Excrementos', corriam com um balde, esperavam enquanto fazíamos nossas coisas ou coletavam nossa sujeira descartada anteriormente. Trabalhávamos como animais, vivíamos como animais. Em meus sonhos vejo mil rostos das pessoas com quem trabalhava e não conhecia. Não havia tempo para interação social. Nós nos comunicávamos principalmente por gestos e grunhidos. Em meus sonhos, tento encontrar o tempo para falar com os que me ladeavam, perguntar seus nomes, suas histórias. Ouvi dizer que os sonhos são apenas em preto e branco. Talvez seja verdade, talvez eu só me lembre das cores mais tarde, a franja clara de uma menina cujo cabelo era tingido de verde, ou o roupão rosa e sujo da mulher enrolado em um velho frágil de pijama de seda esfarrapado. Vejo seus rostos quase toda noite, só os rostos dos que caíram.

"Muitos morreram. Alguém que trabalhava ao seu lado se sentava por um instante, só um segundo para recuperar o fôlego, e não se levantava mais. Tínhamos o que pode ser descrito como unidade médica, carregadores com padiolas. Não havia nada que pudessem fazer, apenas tentar levá-los à estação de socorro. Na maior parte do tempo, não conseguiam. Trago comigo seu sofrimento e minha vergonha a cada dia."

— Sua vergonha?

— Quando eles se sentavam ou se prostravam a seus pés, você sabia que não podia parar o que fazia, nem mesmo por um pouco de compaixão, algumas palavras gentis, ou deixá-los confortáveis o suficiente para esperar pelo socorro médico. Sabia que a única coisa que eles queriam, o que todos nós queríamos, era água. A água era preciosa nessa parte da província, e era quase toda usada na mistura de componentes da argamassa. Recebíamos menos de uma caneca por dia. Eu carregava a minha no pescoço em uma garrafa plástica reciclada de refrigerante. Estávamos sob ordens estritas de não dividir nossa ração com os doentes e feridos. Precisávamos nos manter trabalhando. Compreendo a lógica, mas ver o corpo alquebrado de alguém enroscado em meio às ferramentas e ao entulho, sabendo que a única misericórdia sob os céus era apenas um golinho de água...

"Sinto-me culpada sempre que penso nisso, sempre que mato minha sede, especialmente porque, quando chegou minha hora de morrer, eu estava, por mero acaso, perto da estação de socorro. Eu era da unidade de vidros, parte do longo comboio humano que entrava e saía das fornalhas. Estava no projeto havia menos de dois meses; passava fome, estava febril, pesava menos do que os tijolos pendurados de cada lado de minha vara. Ao me virar para passar os tijolos tropecei, caindo de cara. Senti os dentes da frente se quebrarem e o gosto de sangue. Fechei os olhos e pensei, 'chegou a minha hora'. Eu estava preparada. Queria um fim. Se os padioleiros não estivessem passando por ali, meu desejo teria sido realizado.

"Por três dias, vivi em vergonha; descansando, limpando-me, bebendo a água que eu quisesse enquanto outros sofriam a cada segundo na muralha. Os médicos me disseram que eu devia ficar mais alguns dias, o mínimo para permitir que meu corpo se recuperasse. Eu teria dado ouvidos, se não escutasse os gritos de um padioleiro na boca da caverna."

– Sinal Vermelho! – gritava ele. – SINAL VERMELHO!

– Os sinais verdes significavam um ataque ativo, os vermelhos significavam uma horda esmagadora. Até aquela altura, os vermelhos eram incomuns. Eu mesma só vira um, e bem longe, perto da margem norte de Shemnu. Agora apareciam pelo menos uma vez por semana. Saí correndo da caverna e corri até a minha seção bem a tempo de ver mãos e cabeças apodrecidas começarem a aparecer acima das defesas inacabadas.

Paramos. Ela olha as pedras sob nossos pés.

– Aqui, bem aqui. Eles formavam uma rampa, pisando em seus camaradas para subir. Os trabalhadores os rechaçavam com o que podiam, ferramentas e tijolos, até as próprias mãos e pés. Peguei um compactador, um implemento usado para comprimir a terra. O compactador é uma ferramenta imensa e incontrolável, um bastão de metal de um metro com punhos horizontais em uma extremidade e uma pedra cilíndrica e sumamente pesada na outra. Era reservado apenas para os homens maiores e mais fortes de nossa turma de trabalho. Não sei como consegui manejá-lo, erguê-lo, mirar e fazê-lo descer, repetidas vezes, nas cabeças e rostos dos zumbis abaixo de mim...

"Os militares deviam nos proteger de invasões como essa, mas nessa época não haviam sobrado soldados suficientes."

Ela me leva à beira das ameias e aponta algo a mais ou menos um quilômetro ao sul.

– Ali.

Ao longe, distingo apenas um obelisco de pedra erguendo-se de um monte de terra.

– Sob esse monte está um dos últimos tanques de batalha de nossa guarnição. A tripulação ficou sem combustível e o usava como casamata. Quando ficaram sem munição, lacraram as escotilhas e se prepararam para se aprisionar ali, como iscas. Aguentaram muito tempo depois de a comida se esgotar e os cantis ficarem secos. "Lutem!", gritavam no rádio a manivela. "Terminem a muralha! Protejam nosso povo! Terminem a muralha!" O último deles, o condutor de 17 anos, aguentou 31 dias. Não se podia ver o tanque então, enterrado sob uma pequena montanha de zumbis que de repente se afastaram como se sentissem o último suspiro do rapaz.

"Nessa época, quase tínhamos terminado nossa seção da Grande Muralha, mas os ataques isolados chegavam ao fim e começavam os enxames em assaltos maciços, incessantes, de milhões. Se tivéssemos de lutar com esse contingente no início, se os heróis das cidades do Sul não tivessem derramado seu sangue para nos dar tempo...

"O novo governo sabia que precisava se distanciar daquele que acabara de cair. Precisava estabelecer alguma legitimidade com nosso povo e a única maneira de fazer isso era dizer a verdade. As zonas isoladas não eram 'levadas' a se tornar chamarizes como em tantos outros países. Eram requisitadas, aberta e francamente, a continuarem para trás enquanto outros fugiam. Seria uma decisão pessoal, que cada cidadão teria de tomar sozinho. Minha mãe, ela a tomou por mim.

"Estávamos escondidas no segundo andar do que antigamente era nossa casa de cinco quartos no que costumava ser um dos enclaves mais exclusivos de Taiyuan. Meu irmão mais novo estava morrendo, mordido quando meu pai o mandou procurar comida. Estava deitado na cama de meus pais, tremendo, inconsciente. Meu pai estava sentado ao seu lado, balançando-se suavemente. A cada poucos minutos, ele nos chamava. 'Ele está melhorando! Vejam, sinta sua testa. Ele está melhorando!' O trem dos refugiados passava bem por nossa casa. Os agentes da Defesa Civil batiam em cada porta para saber quem iria e quem ficaria. Minha mãe já arrumara uma bolsa pequena, com pertences meus; roupas, comida, um bom par de sapatos de caminhada, a pistola de meu pai com as três balas que restavam. Ela penteava meu cabelo no espelho, como costumava fazer quando eu era uma garotinha. Disse-me para parar de chorar e que um dia, em breve, eles me encontrariam no Norte. Tinha aquele sorriso, aquele sorriso paralisado e sem vida que só mostrava para papai e os amigos dele. Tinha-o para mim agora, enquanto eu descia nossa escada quebrada."

Liu se interrompe, respira fundo e deixa que sua garra pouse na pedra dura.

– Três meses, foi o tempo que levamos para concluir toda a Grande Muralha. De Jingtai, nas montanhas a oeste, à cabeça do Grande Dragão no mar de Shanhaiguan. Nunca houve uma brecha, nunca foi invadida. Deu-nos o espaço para respirar de que precisávamos para finalmente consolidar nossa população e construir uma economia de guerra. Éramos o último país a adotar o plano Redeker, muito depois do resto do mundo, e bem a tempo para a Conferência de Honolulu. Tanto tempo, tantas vidas, tudo perdido. Se a Represa das Três Gargantas não tivesse desabado, se aquela outra muralha não tivesse caído, será que teríamos ressuscitado esta? Quem sabe? Ambas são monumentos à nossa miopia, nossa arrogância, nossa desgraça.

"Dizem que tantos trabalhadores morreram construindo as muralhas originais que se perdia uma vida humana a cada quilômetro. Não sei se era verdade na época..."

Sua garra afaga a pedra.

– Mas é agora.

Impressão e Acabamento:
GRÁFICA STAMPPA LTDA.
Rua João Santana, 44 - Ramos - RJ